人坐在世界的边缘,笑

Am Weltenrand sitzen die Menschen und Lachen

[奥]菲利普·韦斯
(Philipp Weiss) 著

陈早译

华东师范大学出版社

·上海·

华东师范大学出版社六点分社　策划

手 记
Cahiers

[法] 尚塔尔·布兰查德（Chantal Blanchard） 著

[6] 你是谁，玉泉洞的孩子？或者我应该问：你是什么？冲绳的侏儒？萎缩的头颅？大自然的吊诡玩笑？一小堆散骨？纸页上的几笔线条？你存在吗？你让什么浮出水面？你何以纠缠？何以把我推入不幸？爸爸带来你的画。他说：这里。你就突然出现。不可能的造物，玉泉洞的孩子。你让我怕。你诱骗着我。你牙齿格格作响。你对人类预言着新的过去。

混蛋骷髅！

你躺在那，骨头。是粉笔画，褪了些色，日期为1874年9月7日，冲绳，琉球王国。琉球？是你的家吗，颅骨？页缘手写标注：勇敢的布兰查德女士，考古学家冯·西博尔德，和他们发掘的玉泉洞的孩子。高祖母穿着旅游套装，浓密的头发草草藏在凹帽下，手里拿着锹。她大获全胜地看着我。这位高祖母，她想给我看什么？她能有多大？20出头。最多。旁边是海因里希·冯·西博尔德，踌躇满志，几乎不比她大，指着在他们身前摊开的小骷髅。指着你，玉泉洞的孩子。我想保护你，此刻。我想把你抱起来，紧紧地。我怕风会吹散你。（136年前的风。）背景是洞穴入口；前面有几个工人，琉球的仆从们，倚在工具上，帽子，凉鞋，光腿。边缘是你骨骼细节的速写。我着了迷。你如今藏在哪里？玉泉洞的孩子？在哪？

［7］连同下颌的头盖骨，碎裂

左肩胛骨

左锁骨，弯曲变形

肋骨碎片

颈椎、胸椎和腰椎，零落

骶骨，出奇漂亮

耻骨，多处碎裂

右骨盆碎片，男性？

肱骨完整

左腕骨

左掌骨

左指骨若干

右股骨，碎裂

右腓骨

趾骨

[8] 我不是哈姆雷特。却对一副骨架说话。你笑我什么，空脑袋？我就像那位达达主义者，爱上一个年轻女人死去的头颅——1811年死于结核时，她才刚22岁。他在一座古老的礼拜堂里找到了骨头，随身携带数年。头盖上写着名字和出生地，颧骨画着玫瑰和勿忘我。他写道：这个133岁的女人真让他神魂颠倒，再也离不开。

你可喜欢这
故事，骷髅头？
你是否爱过？
曾经？

　　　偶然之爱

　一场难
　一场心内之灾
　一场理智塌陷
　一场崩溃：所有思想和感情

你几岁，
玉泉洞的孩子？
大地封存了你多久？
一千年？三万年？
十万年？

百万年？

可能吗？
你可是我所想的你？
该做什么？
将意味什么？

［9］你迷惑着我，骷髅。我用放大镜仔细观察过你。我扫描过你，3倍、5倍、20倍地放大。你的脑袋总是那么小，就像未熟的果子。……扁平隆起的天灵盖，微微扩张的眉弓，颧骨、颧弓、上颌与下颌，精致得像个人。（更仔细地看一眼你的牙齿会更有启发。如今它在哪里开开合合？）就像婴儿的头颅。小得让人不安。总之：早期人类的颅骨。仿佛你已有200万岁。或300万？一个侏儒直立人的头骨？还是南方古猿？那位不可思议的露西就像是你的姐姐。你认识她，对吗？告诉我，第一批人类何时登上日本岛？你的骨骼有多高？也许1米？还有这长长的猿臂。好像你还会单手挂在树上。可能吗？

[10] 你不是儿童，玉泉洞的孩子。你不是，我说得对吗？

你是个矮小的男人。

你问我为何发抖？

你还问吗？有很多理由。

我会给你举出来，倘若我们

更近了。某一天。

给我时间。我是个衰老着的女学者，

不，一个女傻瓜。暂且只是：

没什么，你听着，没什么比<u>出现</u>更让我惶恐。

下雨了。

[11] 不是普通的雨。不是马朗博爵士漫不经心的雨，他写道："不论土地荒芜丰沃，雨全无差别、无处不落，甚至沙丘上、大海中。"是的，雨下到屋顶上，汽车上，我蓝色、蓝色的大衣上。不是硫酸和硝酸的酸雨。而是：伊比鸠鲁的原子雨，平行落入虚空。2300年前，这位哲学家对我们解释说，世界诞生前，无数原子坠落，平行地，坠入无。它们仍在落着。没有原因，没有目的。本来这永远都不会存在。倘若未曾发生那偏折，这弯转，这最不可能的悖离，某地，某时，不知何故。

它们从垂直的下坠偏离，几乎觉察不到，中断那平行，无尽的降落，不知何处，何故，相互撞击，冲向邻物，再冲毁另一些，另一些，于是，无休无止地撞下去。一个世界的诞生。

当物体穿过虚空，靠自身重量垂直下落时，在不定的时间、不定的地点，微微偏离轨道。你会说方向变了。若它们未曾弯转，一切都向下，如雨滴般，落入无尽的虚空，就不会出现冲碰，也不会造成物体间的撞击。那么，自然就造不出任何东西。

（卢克莱修：《物性论》）

这

就是，

我想，

我的遭遇。

［12］爸爸说：

女儿，反正你对死人感兴趣。

他翻出你的画。

你就突然出现了。

　　有个日本传说，讲的是雪女。相传她有时是魅惑的美人，有时是吸血鬼般的恶魔，她用呼吸冻住受害者，再吮吸他的精气。她只能在机缘巧合时出现。比如新雪后的月圆夜。或是汹汹寒霰中电闪的刹那。她总是穿着轻薄的夏日和服，身体透明，皮肤幽幽而白。她

　　　赤足

　　　　无痕

　　　　　　　　　　　于雪。

[13] 9月7日，勃朗群山的冰海，海拔1913米的蒙坦威尔区，在位于冰舌西北缘约1.35千米的山谷火车站中，发现了一具装备俱全的年轻女性木乃伊。她的脸从透明的薄冰层下露出。发现者是一对徒步旅游、正度蜜月的拉脱维亚夫妇，二人毫无准备，深受惊吓，专业人员必须对他们现场进行心理治疗。150年来，这座法国最大的冰川在不断消融。由于地球温室效应，冰海在此期间已缩减了2000米，变薄至130米。尸体年初可能还埋在冰下几米深处，仿佛更暖、更干燥的天气让她突然不耐烦起来，罕见迅速地移向地表。在不知多少个10年之后，木乃伊发黑的巩膜首次接触到太阳。她被冰完整包裹了130多年，未受侵蚀或腐烂。升华过程冻干了这个女人25岁的身体。连内脏都完好无损。这具躺在冰床上的尸体很可能随冰河从最高点降入山谷，在这数公里的迁移之前，她也许曾在石窟中度过一个世纪。经初步鉴定，这具木乃伊是1878年遇难的法籍旅日者波莱特·布兰查德。发现的物品中有一本随身携带的笔记，内页残损已无法修复，可还能找到刻在皮质封面上的这个年轻女人的名字。1878年夏，她启程上路，开始了在勃朗群山中的数日徒步，显然孤身一人。进一步的情况迄今尚不明朗。

[14] 关于充足理由律的四重根：

"博物学家**索绪尔**，可能从勃朗峰看到升起的月亮，它巨大得让他认不出，吓晕过去。"

　　　　　　膝盖瘫软，双手颤抖，眼前光芒闪颤……

J. J. 7805 Chamonix — Traversée des Crevasses à la Mer de Glace.

〔15〕每次出现，

都让古老的问题回响起来：

某物究竟何以是，

而非无？

无一定会让我们更好。

你从冰中升起，

波莱特·布兰查德……

[16] 水不在人间。它来自宇宙，比我们的太阳更古老。46亿年前，当银河里一片有无数分子的原始星云大坍塌，形成我们的太阳系之时，水已经存在了。它以冰的形式呼啸着穿过严寒的恒星际空间。旋转着、不停塌陷着的太阳星云主要由氢、氦及微量的气体和尘埃构成。

塌缩星云中心的压力和温度急剧上升，竟让强烈的核聚变点燃了我们的太阳，而此时，从一些逃离着、被太阳风抽打着的星尘里诞生了几个大团块：今天人们习惯称之为水星、金星、地球和火星。它们是大碰撞的结果：无休止的撞击和小行星、矮行星的暴力结合。早期的地球以如此冲力与火星般大小的天体忒亚相撞，释放的能量融化了我们的星球，让一块浑圆的巨石绝尘而去。此后，它作为卫星在旁围绕。它是月亮。

这样诞生的年轻地球环境险恶。覆以上千摄氏度的熔岩之海，沟壑纵横，沸沸汤汤，太阳风凿得它千疮百孔，经受着猛烈击打和放射性衰变的不断扫射，液态水无法持存。人们称这个时代为冥古宙，命名自古希腊的冥府。地球冷却了几百万年。表面结痂。死寂沉沉。它是干燥的。水如何来到这颗星球？第一位哲学家，米利都的泰勒斯，从这种物质中看到万物之源；[17] 这种化合物，生命以之为基础诞生，也在其中历经百亿年最终演化而成；这种

液体，构成我们身体的绝大部分，至今仍遮蔽这星球的三分之二。水从何而来？有种理论说，来自奥尔特云，我们太阳系最外缘的垃圾堆，水从那里，以彗星的形式——那肮脏的巨大雪球，带着它的长尾，在旷阔的轨道上绕太阳流浪——40亿年前，随雷霆霹雳到达地球。就像一场宇宙冰雹笼罩住我们的星球，不止尘世外的水，更可能带来前生命（präbiotisch）的有机物，它们将成为生命的萌芽。可星球的岩石外套才刚刚结痂。很烫，对于液态水，太烫了。水穿过一层层空气循环，尚未抵达地表就一次次重新蒸发。无数个世纪过去，直至岩石凉下来，能够留下水。

于是来了大雨。

下了4万年。绵绵不绝，冷酷无情。雨。上万年的降水。末日之灾的洪流，在生命之初。水圈出现了。地球被大洋覆盖。

这水也是你的坟冢，

波莱特·布兰查德。

我为什么哭？

手 记

[18] 出现：

  我高祖母的尸体。

  史前骷髅的微笑

  爱

考虑另外的排列。

没什么，你听着，没什么比消失更让我着迷。

     耶尔。20年来，

    我第一次穿过这些街道和小巷。

    我避开家族的房子，

    以扩张的椭圆绕它而过。

    回忆增长。

[19] 回忆：

我找到他背上的胎记。

他苍白的脚在我肚子上取暖。

他苍白的脚。

我感觉自己病了。

我有种可怕的不安。

原子没有记忆。两个同位素——它们一模一样，除了历史。如果有放射性，就是同样的衰变趋势，不论它们的过去多么不同。这意味着，它们没有记忆。若能回想，它们就将是没完没了的叙事者。我们宇宙中的惊心动魄，我身体的每个原子都经历过许多次。**我身体的每个原子，都源自灾难。**大爆炸吹散氦和氢。然而，组成我身体的碳、氮、氧，它们来自超新星，**来自太阳的塌陷**，我们宇宙中最明亮的烟火。**我的身体是星尘，没有记忆。**

[20] 我是条母狗。匍匐。裸着。我像母狗一样用四肢爬

行。痛苦。幸福。他用绳子牵着我。无需绳子。何苦呢？

他的目光就是我的命令。赤裸的肩膀。喉结。我不敢转

<small>我渴望他的皮肤。</small>

身，一刻都不敢。我听话。作为报答，我仰起头，靠近

<small>不，这是谎话。</small>

他……有时候我也只是闻一闻。我吸入那种气息，直到

<small>我纹丝未动，</small>

它完全充满了我。或者我看着，把那画面烙在我心里，

<small>却有什么东西在内里坍塌，</small>

深深地。一个世界。够了，他说，我继续爬。一条母狗。

<small>塌向他的皮肤。</small>

痛苦。幸福。听从他的皮肤。线条，肌肉，对称。完美

<small>我是这意志。</small>

的弧线。屁股。颤抖着，随每一步抽动。和我一样。肉。

<small>（我在这里十什么？）</small>

他走向我。是他的嘴唇吗？我坍塌。像甲虫躺在背上。

我就这样挣扎。

地狱的停留，

谵妄 I：

爱情一定刚刚

才发明，

我知道。

[21] 听好了，玉泉洞的孩子。那是 7 年前。我接到一个电话。连线的是一家法国私人电台的编辑。他问："布兰查德女士，您的模型能模拟过去 300 万年的东南亚气候吗？"我问："您想怎样？"他说："您是最好的，被推荐给了我们。"我问："您想怎样？"他说："数月以来我就想与您通话。"我说："那您明年再打吧。"他说："《自然》不允许提前公开这个发现。"《自然》，那自然科学的圣杯，那人人都想吐上一口、以求永恒的科学家生活的痰盂！你要知道，头颅，这份杂志是行业头牌。所有人都渴望它。它随心所欲。我问："这和我有什么关系？"他说："我想为我们的电台争取到您。"我说："对此我毫无用处。"然后挂了电话。他又打来："如果我现在告诉您，在印度尼西亚的一个岛上发现了未知人种的化石呢？"我藏起我的好奇。"我想，是爪哇人的近亲？"他说："它们被定位在 18000 年前。"不可能。他一定在胡说。绝无可能。"18000 年？笑话。尼安德特人 3 万年前就灭绝了。此后地球上唯一能创造出文明的猴子只有我们人类。"我补充道："我们独一无二。""如果我对你泄密，这个人种的脑子小得像个婴儿，您会说什么呢？"

［22］

南方古猿

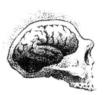

直立人

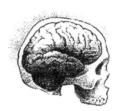

智 人

［23］声音很熟悉。我究竟期待着什么？一瞬间，熟悉得可怕。好像我昨天刚刚听过，而不是几十年前。我想，一定会是老人的声音，和他的咖啡一样寡淡无味。不，爸爸还是大嗓门。也许比以前更嘶哑，因为黑卷烟。没有滤嘴的茨冈卷烟。天啊。烟挂在他的嘴角，好像他才17岁，他站在那，好像长着黑猩猩的生殖器。过得怎么样？他问，但并不等待回答。没有"你来了真好"。没有客套话。我放松下来。他咳嗽、吐痰。我也吐了口痰，很好。我可了解这位高祖母？不，这个消息之前，我从未听说过她。是，我因为她才来。否则呢？他说：祖坟里一定还有位置。

我为什么颤抖？

你满足于暗示吗，

玉泉洞的孩子？

耶尔。我20年没见过父亲。他92岁，正在腐烂。房子闻起来毛骨悚然。我们仍不喜欢彼此。他问起我男人。我说，他年轻，聪明。我说，他很漂亮。废话。这时我声音发抖。爸爸笑了，吐了口痰。

［24］他的嘴很迷人，扬起来，

好像被蜂蜇过，微微肿着，

我有一次读到，感觉说得不可思议。

狂热。某种要忍受的痛苦。

当你看到一位漂亮的男人。不，

只有当我看到他。

一看他。

眼睛就受了伤。

他叫什么？

你问。

他叫什么？

对此，我

没有

语言。

是的。我逃离了这种心惊肉跳……

你也笑了，玉泉洞的孩子？

［25］对于性在太空中是否可能的问题，目前只能推测。然而有理由认为，失重绝对无益于爱。就像俄国宇航员秘密尝试的体验，由于缺乏重力，沸腾的血冲上大脑，而不涌入生殖器。单单要靠近想象中的情人就很难，有些时候根本不可能。普遍报告的是无所依撑之感，以及与外在漂浮状态同样不安的内心。射出的精液在空间中自由漂浮，这让观察者深感凄凉和绝望。

他总睡得很久。清晨时光，我坐在书桌旁，一动不动，什么也不想。快到中午，他终于从门里出现，裸着，猫似的身体，揉眼睛。他头发乱着。他伸懒腰！手臂高举，双手交叉，侧弯，微微晃动。然后，他目光击中我。我早已迷失。他穿过房间。骄傲得像公猫。那弹性的脚步。

[26] **耶尔。我在弹旧钢琴。听起来阴森森。爸爸吼道，我
不应折磨他，生活已经够晦暗了。他说，那曾是波莱特·布
兰查德的钢琴。整栋房子都是她的。死前她一直与她的儿
子、我的曾祖父生活在这。这个儿子，这位曾祖父，在日本
出生。他说：我们有日本人的眼睛。我一个字都不信。他宣
称，你的那张素描，骷髅，是在阁楼上找到的。**

我久久站在镜前

观察我的眼睛。

**没有爱情。骷髅。它是奶妈的童话。以前我想：爱情
是最后的形而上学。今天我知道了：它是最初的化学。
它是演化的愚蠢诡计，是基因增殖、繁育的程序，它被
文明无耻地神秘化、鼓吹到炸裂。一个18世纪的发明。
一束远古反射和神经突触的病态痉挛，寒酸地胶黏在一
起，像块发霉的板子，固定到一整代一整代人的额头前
面。对精神的侮辱！这就是爱，你听到了吗，骷髅？合
理的反射。自私基因的霸道指令。谁能思考，就反抗
吧！谁能思考，就拆毁这造作的爱情，就像光解分子、
就像病理学家解剖尸体。**

生殖器彼此找寻，

而灵魂相信已经找到。

［27］试论爱的演化 I

约400万年前发生了一次气候巨变，人类的爱情交易大戏随之开幕。首演退回到非洲草原，我们祖先的居地。树冠的天顶开裂，长合，再开裂，准备彻底消失。如何与不确定性和无常相伴而生？如何抵挡敌意的环境？一群灵长动物冒险在新的疆土上寻求栖身之所：广阔的大草原。他们离开庇护的树。为瞭望而站立。一种解放。手臂无需悬在树枝上晃荡或是用来奔跑。它们现在自由了，去击打、威胁、投掷、拥抱、触摸。嘴巴不必紧衔或负重，它自由了，去说话、亲吻。

致命转折。

叔本华声称，他永远都不会原谅女人把爱的激情带入世间，因为她们以此使人的繁衍成为可能，这却显然毫无价值。

[28] 试论爱的演化 II

直立行走是场灾难。四足的母亲还能舒舒服服地把后代
驮在背上，两足者却只能把它们抱在手中、贴在胸前，拖过
草原。负担。演化之雄性沙文主义的卑劣。她们被剥夺了在
安全的树木上迅速逃离的可能性。那需要抓握树枝的自由手
臂。她们就这样成为四处游荡的食肉兽轻而易举可捕获的猎
物。轻贱不止于此。两足的母亲现在有了另一个问题。带着
怀里的娃娃——怎样才能凑齐足够的食物？用哪只手采摘、
挑选、搜集？怎样才能养活自己？物种实验险些失败。那无
疑会更好。可正是从这威胁中、从这死胡同里，出现了伴
侣。母亲们的妥协是致命的：那是男人。虽然交配无处不
在，配对却是动物世界的稀罕事。并非没有理由。这只是演
化万不得已的程序。是最后的选择。但凡还能继续下去，就
要避开。它带不来什么好处。谁都能立刻看清楚。我们居住
在树上的祖先生活在自由的爱情里，倭猩猩和黑猩猩至今依
然如此。猴子里的雄性只需尽可能大面积地散播它们的精
子。它们在雌性那里争抢卵子。人呢？这悲凉的生物忍受着
双重压力。过大的脑和沉重的心。为这二者用尽气力。为寻
找力量他变得充满创造力。人驯服了火和石。继而食肉。这
带来过剩的能量。他将其藏入脑。脑肿起来。容量翻倍。再
次翻倍！这个器官只占身体重量的2%，却需要代谢能量的
1/4，新生儿2倍，学者3倍，我自然也如此。[29] 贪得无
厌的真实机器，它永远在膨胀。一切纯粹的理性！人，你
这古怪的造物：你在两条僵硬的细腿上支撑着脑壳不成比

例的沉重身体。你看不出你多可笑吗？困境接踵而至。直立行走不允许雌性的骨盆继续扩张。胎儿要出生却得从中挤出来。谁能怪罪它们？巨型头颅必须被强力挤压才能穿过产道，演化的高危者承担着疼痛和危险。此物种再次找到解决办法。穷凶极虐。早产。我们人类全都是早产儿，无助、赤裸、低能的生物，没有皮毛或长鼻，需要无穷无尽的照料和救助。百般折磨。黑猩猩幼崽4岁后就能自己找到食物，幸运一些便可独自存活。抚养人类的小无赖劫难重重。我们物种的疯狂——要归罪于我们的头颅，它畸形、乖张、顽固。你听见了吗，骨头？要抚育人类的后代，要养活这些饥饿、无助、无法独立的顽固的家伙，需要演化的花招，需要造物的怪癖。人们把这种卑劣叫作爱情。一个确保自身持存的脑内化学过程。因为，要活下去，需要伴侣，需要这个因绝境而缔结联盟的自然变种。活着，需要联合。性冲动与母子间的纽带混淆起来、模糊不清。我们这些万劫不复的早产儿，在爱情里寻找着母亲乳房上的安全感，也同时寻找着维系种族的本能。不可悲吗？

我真是可笑至极！我淋浴时唱歌。我毫无理由地在空荡荡的大街上傻笑。天啊，我竟开始写十四行诗！

> 学者的堕落：书一无所知。
> 相爱者总在书中毁灭。

[30] 他来自另一个世界，无疑。这动物的苍白。这幽幽闪烁、仿佛伪造的肉体。仿佛蒂尔达·斯文顿自体受精时生出了他。他在漂浮吗？他的皮肤有颜色吗？他的头发呢？两种性别的荒谬不是在他身上统一了起来？（夸张地：他如同美的本自化身。）我看着他，就怕起来。我不知道，我是什么，有一次他对我轻声耳语。我不知道，我是男人还是女人。我也经常不知道。

他没有气味。

记忆：我们睡觉，性交，

睡觉，性交。

整日之久。

多孔的身体，热气，体液。

他从不淋浴。

可闻起来什么都没有。

仿佛一切肉体性

都从他的皮肤上滚落。

什么都不黏着。

他制造艺术。

毋宁说他是艺术。

[31] 你对整件事情沉默，骷髅头？你盯着我，沉默。那么我给你讲个故事：它发生在 1942 年。出现了一个新物种。一份独一无二的标本。只有头颅保留下来。此后他在全世界的博物馆周游。你和他一样吗，骨头？他是著名的"公牛头"，有不可替换的解剖结构。毕加索写道："有一天，我拿起一个自行车座和车把，把它们摞起来，做了一个牛头。很好。我本该随即扔掉这个牛头。扔到街上，排水沟里，随便什么地方，反正就是扔掉。这时走过来一位工人，捡起它，他发现，也许可以从这个牛头做出一个自行车座和车把。于是他做了……那就太好了。"事与愿违。一位艺术批评家走过来，捡起它，他发现，也许可以把这个牛头命名为艺术品，一种现代生活的象征。他这样做了。一切都很惨。

　　人们大吃一惊，骷髅头。他们无所适从。不知如何对它归类。整个行业都在躁动。惶然骇然。没有人预料到。这不可能、不可以。不止是一份出土物。不，这幢我们称之为人类历史的概念建筑，摇摇欲坠。它在所有人眼前化为乌有。150 多年来他们为自己精心编造的谎言，漫散无踪。这人类起源的故事。他们每晚睡前都会讲起。非洲；直立行走；长大的脑；演化的线性进步和万物之灵。现在该怎样讲下去？简言之：我很高兴，骷髅头。我开心得笑起来。一切似乎出自放肆的想象：一位原始非洲祖先的遗骸——流放到东南亚的岛屿上！一个鸿蒙时代的猿人，小而又小的脑。这仿佛来自梦境的生物，竟追猎着矮种象和科摩多巨蜥！如果真的存在过，他们叫嚣——就在几百万年前！行！而且在非洲。好！[32]可12000年前的东南亚群岛？当其他地方发生着不可思议的事情，当有智的智人长高了两倍、脑扩增了四倍，当他们的样本在近东、中国和北非定居下来，发明出农耕、建筑和人类文明？也就是说，在遥不可及的亚洲小岛上，与我们同时，与这些凭借才智和优越性、已知唯一幸存下来的崇高造物同时，存在着未被打扰的原始的小矮人？甚或已存在了上百万年？荒唐。美好。他们开始拯救人性，拯救理性。或是自己的科学家生涯。一种解释迅速准备好：一定是岛屿矮化！在岛上，在这些小型的演化实验室，生物会变形、长大、缩小、呈现出最诡异的形式。我们面前的，无非只是个矮化的现代人！可脑真的会缩小吗？大概不可能。他们找到了新的解释：这是病理现象！弗洛勒斯人是一种病

态的小怪物，就像患上小头畸形症的宫廷弄臣贝贝，是脑的退化。如今这也被迅速推翻。那么继续！新的尝试：一个俾格米人！然而解剖排除了这种可能。怎么办？骨骼被没收、封存。我想说什么？玉泉洞的孩子，你看见了吗？

现在你来了，骷髅。重新颠覆了一切。你是他们不希望找到的东西。

[33] 梦，一再重来。我们仿佛在阿莫多瓦的无声电影里。我在爱的时刻变少，越来越少。是的，梦中我是 amante menguante［那缩小的情人］。他眼睛对准我，我就缩小。我勘察他身体的风景。我如同一个爱情玩具，爬上他的头发，紧紧压住他的嘴唇，用他的呼吸取暖。这时舌头抓住我，玩弄着我。它咋一下，就能举起我的整个身体。它把我抛来抛去。它用唾液浸透着我。于是我滑下来，又爬上他的胸膛，把脚放在浅色的绒毛上，失去了方向。我把自己埋入他的胸口，睡眠短暂而不安。我的头沉入他的肚脐。躺在脐缘，欲望袭来，我呼吸着从身体中蒸腾而出的暖气。天堂闻起来就是这样。（我只在梦中闻过。）它裹住我。我滑下大腿。这大腿！它荡人心魄。温暖吸引着我，那气息。它跳动起来。那跳动吸引着我。我的皮肤很薄。我把自己扣上去。我再也不需要器官、躯干，谁需要心和脑袋，谁需要整个肉身。直至我彻底消失。

我抽动着，骷髅头，你看到了吗？你看到了吗？

多么可笑、退化的想象！

[34] 我在高祖母的尸体旁。她的嘴巴张开，好像她不相信眼睛。怪诞。这具仿佛被人工保存起来的身体让我想到文明。在古埃及穷奢极侈、精心筹备的过程，在此由自然自行完成。阻碍这腐败、分解，也就是，死亡；停止离散；恢复死者的同一性和完整性。阿努比斯用搜集来的各部分身体拼合出欧西里斯被撕碎的尸体。

首先清洗死者。然后摘除脑。在它从专门扩张开的鼻孔中被扯出之前，有必要先用钩子搅碎。技术娴熟的涂膏者一定要极度小心地操

作。尸体最终将出现在死者的法庭。他必须在那里被辨认出来。以树脂、蜂蜡和沥青填充头颅。用黑曜岩刀刃切开左侧腹腔，取出内脏。用棕榈酒和精油净化体内。腌渍在香末和苏打里，数周之后，肉体就会被抽干剩余的水分。再用圣油处理枯萎的死者，他就会重获弹性。他几乎又年轻起来。最后填满他，缝合他，打扮他，用布带缠起他，用五花八门的小物件装配他。被涂膏者为永恒准备就绪。

[35] 你是谁，波莱特·布兰查德？

你经历过什么？

你怎能就这样结束？

我的祖先逃过了

这一切。

耶尔。我沿吱吱嘎嘎的阶梯爬上阁楼。木门紧闭，我站在那里推拉、摇晃。也许这里能找到东西，我想，老物件，祖辈的遗物。也许是一把旧枪。门终于弹开，我闯入积满灰尘的顶室。那些会飞的哺乳动物让我怵然大惊，它们在这里安了家。蝙蝠。几十只并排挂在梁上。如果这里藏着宝，也已湮埋在它们的粪便中。咒骂不停的爸爸坚决要烟熏整栋房子。他站在仓库里大喊大叫，找着木炭和汽油。我想逃。再多一天也受不了。这时我分了心。在阁楼上的首饰盒里，我发现了几张出自一本旧书的神秘散页。

编 后 记

[36] 书前刊登的信，编者此前已保存3年，在此期间，一段错综复杂的故事把他的生活与信中所说的波莱特·布兰查德那"古怪的小手稿"连接起来。编者最后很高兴，能用一篇简短的附记为此后本书的出版作注。

1878年3月，女作者当时25岁，编者收到一位素不相识者的手稿。带着些许怀疑，并无多少好感，他认为开场信函的语气十分不妥，然而他以特有的谨慎第一次阅读了《我之百科》。当时他面对着少有的情况，读后，他无法准确判断所读的内容；他甚至迟疑不定，应为这部罕见的杰作欢欣振奋，还是应鄙夷这次失败的冒险。编者公开承认，这种分裂颇让他绞尽脑汁，甚至数夜不眠，他认为有理由结束这件烦心事，就把这部作品归入退还稿件中，并委托秘书起草一份尽可能什么也不说的退稿通知。他满意地静下心来，重回到日常工作。然而，通知却连同手稿被一并退寄回来，邮差简要说明，邮寄地址下只有一栋无人居住的房子，此时他多么惊愕。可以理解，此事重新唤醒编者的不安，于是他亲自前往首都以南的耶尔，寻找那栋房子，查明这件怪事的真相。[37] 在仔细调查后，他终于得知，布兰查德女士曾与她3岁的儿子共同生活在耶尔老宅中——这是她并不喜爱的祖母的遗产，也是她的一部分嫁妆。她清贫地勉强度日，只能偶尔当钢琴教师谋生。在把手稿寄给编者约一个星期后，她消失了，下落不明。她在法国的阿尔卑斯山徒步漫游，此后再未归返。阿尔卑斯救援队数日后终止搜寻。在此期间，她的儿子住在他的姨妈家中，后者已准备收养他。

作为老派的宿命论者，编者认为这些意外事件均是命运所为，震惊之下，他重新拿起手稿。您显然看到了，他决定出版这部作品。

面对事实，这几行不能略去。最近几个星期，这部奇书的校样已经在巴黎流通，有些声音质疑文稿中若干段落。一些人认为，它们是布兰查德女士的杜撰，另一些人宣称，此书是大规模剽窃。女作者像熟食店一样使用着图书馆。想象一下这些看法的放肆。甚至有人怀疑，原始日记根本不存在。对此编者可以果断驳回，虽然他也不隐瞒，目前不可能找到日记。叫嚣的批评者中最莽撞的甚至认为，波莱特·布兰查德本人无非是个虚构人物，她突然消失的传说也只是编造者的狡猾伎俩！出版商本人以及作者的儿子——想一想，公开的时候他才6岁——被轮番质疑是"布兰查德之谜"的策划者。[38] 编者的骄傲，不允许他在此为自己的立场辩护。他自认为正直之人，只为艺术及其创造者服务，从未打算就范于恶意的毁谤。

不过，即便如此，他仍然坚信，这部《百科》将熠熠生光。最后编者以一个谦逊的愿望收笔，虽然年岁渐长，他还是希望能经历到这部传奇著作的多次再版。

巴黎，1881年2月3日

路易斯·德·纽夫维尔

[39] 我们在两端，玉泉洞的孩子。我在这里，法国，欧亚大陆的西端，你在日本，东端，我在这里，临大西洋，你在那边，临太平洋。空间隔开了我们，玉泉洞的孩子。还有时间。然而，有某种东西把我们联系起来，我感觉到了，它确在无疑。我们的骨骼彼此相识，还有我们的仪式，甚或我们的思想。是的，从无法忆及的太古时代我们就相识。我会寻找你，骷髅头。我会为你挖遍世界。我不会停下，直至你拯救了我。

这些字
像安定一样让人镇静。

怎样开始？

[40] 毁灭吧!

一张传单

保罗·克利
《新天使》
1920
水彩
31.8×24.2cm
以色列博物馆
耶路撒冷

克利有幅画,叫《新天使》。上面画了个天使,他看似正要离去,离开他正盯着看的东西。他的眼睛大睁,嘴巴张着,展开了翅膀。历史天使一定就是这个样子。他把面孔转向过去。当成串的事件在我们面前显现,他却只看到唯一一场灾难,它不断堆累着一层又一层的废墟,把它们甩到他脚下。或许他想停下来,唤醒死者,拼合起粉碎的东西。可一阵风暴从天堂吹来,撑开他的翅膀,那么有力,他再也合不上。风暴势不可挡地把他推入背后的未来,而他面前的废墟堆到了天上。我们所谓的进步,就是这风暴。

——瓦尔特·本雅明:历史哲学论题(论题九)

[41] 本雅明错了。

历史天使在笑。

他笑着，飞过废墟，从那里

快乐地消失。

1

你知道科学怪人的故事吗？

19 世纪冻年 6 月 —— 人们也称之为无夏年或 1816
年——几位百里挑一的朋友相聚在莱芒湖畔环以阿尔卑斯山
的迪奥达蒂别墅。其中有诗人拜伦，也有玛丽·葛德文，未
来她将以玛丽·雪莱之名声震天下。拜伦在笔记中写道，昼
夜昏黑，雄鸡默然地呆望天宇，近午时喜极而啼。他们整日
在烛光旁度过，寒意彻骨。这是气候灾难的一年。北半球很
多地方饱受其苦：猛烈的暴雨、严寒和洪水侵袭着欧洲；北
美洲的居民在骤降的气温和皑皑夜霜中苦苦挣扎。盛夏落
雪。天气失控了。结果是，庄稼无收，饿殍遍野，霍乱，暴
动和移民大潮。直到一个多世纪之后，气象学家威廉·杰克
逊·亨弗莱才为此找到原因，是印度尼西亚坦博拉火山的爆
发——不论地理还是时间上都相距甚远。大量的火山灰和二
氧化硫被抛入平流层。微粒状物质如同一层面纱笼住地球，
使之数年之久都处于火山冬天。[42] 几个朋友自得其乐，

用变本加厉的祸害消磨时间：爱和文学。拜伦写出了他的末日之诗《黑暗》，它——雄浑而阴郁——如此开篇：

> 我梦见，似梦非梦。
>
> 明亮的太阳熄灭，星辰
>
> 黯然流离在永恒的太空，
>
> 无光，无路，冰封地球
>
> 盲目旋转，黑在无月的空中。

玛丽·雪莱则在那个无夏之年写出一部划时代的著作，它是人类想象的大事：《弗兰肯斯坦或现代的普罗米修斯》。几十年前，1789年冬天，意大利医生和解剖学家路易吉·加尔瓦尼偶然发现，被解剖的蛙腿在静电作用下重新动了起来，以肌肉收缩的形式抽搐。这是个令人毛骨悚然的发现，它用一小滴毒药刺激了人类的想象力，随后引发出不计其数的所谓加尔瓦尼实验，其中最恐怖的一次发生在法国大革命被斩首的头颅上。一如歌德几年后让他的浮士德在书房中创造出人造人何蒙库鲁兹，玛丽·雪莱也在1816年想象以科学超越死亡。自出版以来，历代的解读者和评论者都被这部小说置入阐释的两难之境。维克多·弗兰肯斯坦怎么会既是神，又是反抗神的普罗米修斯式的叛逆者？小说前的箴言引用了第一个人，亚当，对他的创造者的控诉："造物主啊，难道我曾要求您/用泥土把我造成人？难道我/曾恳求您把我从黑暗中救出？"（约翰·弥尔顿，《失乐园》，第十卷）人造

怪物［43］在雪莱的小说中被联想为亚当——这几行诗也就
一目了然；科学家维克多·弗兰肯斯坦则是上帝本身。一如
基督教的造物主，弗兰肯斯坦也以无性的方式制作出一个男
性后代；与他一样，他也把一个后来创造的女人放在这个儿
子身边。雪莱小说的副标题却是：现代的普罗米修斯。从天
庭盗火的普罗米修斯，是人类历史上第一位革命者，是一个
对神父不屑一顾的调皮捣蛋的坏孩子。这两种对维克多人物
的解释，如何在斜像中重合、统一？如今他是神还是反叛
者？玛丽·雪莱自己给出了答案。她镇定且无聊。作者在前
言中写道，倘若他成功模仿了造物主不可思议的成就，就一
定会让人心惊肉跳。科学家弗兰肯斯坦创造出来的这个失败
的、无比丑陋的现代恶魔，无非只是人类自负的产物，人
类——这就是道德训诫——永远都无法与上帝比肩。然而，
在我看来，另一种阐释更有说服力，更可怕，也更诱惑。该
解读以一种几乎在宇宙中随处可见的、令人神魂颠倒的结构
为基底。数学上我们称之为分形。它是自相似的结构。作为
自然诗人，英国数学家德·摩根写道——有点操之过急了：

> 自然主义者观察到，一只跳蚤
>
> 身上有更小的跳蚤在捕猎；
>
> 还有更小的跳蚤咬它们。
>
> 如此继续无穷尽。

——奥古斯都·德·摩根（1872）

跳蚤有跳蚤有跳蚤。套用到弗兰肯斯坦身上：怪物造出怪
物造出怪物。倘若上帝本就是普罗米修斯式的叛徒，会怎
样？[44]倘若人竟只是他一败涂地的实验、是他尝试按自
己的形象造出的不成功的结果，会怎样？人就成了重大事
故，像弗兰肯斯坦的怪物一样，是疯狂攻击他的创造者的
畸胎。倘若颤抖、涨落的宇宙竟只是这种灾难的无穷序列，
会怎样？

20世纪中期，进化生物学家理查德·戈德史密特绞尽
脑汁，他想知道阿米巴虫怎会在百万年间变成犀牛，也就是
演化如何具体进行。他所持的观点是，在很长一段似乎没有
演化的停滞期后，通过不连续的跳跃性突变，新物种出现
了。在大多数情况下，结果是毁灭性的。出现了"怪物"，
幸好，它也会很快被自然选择再消灭掉。极少数情况下，突
变群体中也会有一个"充满希望的怪物"，它能更好地适应
环境并成功地繁殖。这样的——太过成功的怪物，是人。

我们宇宙中最大的灾难，所谓的大爆炸，在宇宙研究中
得到了激烈讨论。（还要表明的是，当我说灾难的时候，所
指未必不幸。古希腊词 Katastrophé，*κατατοφή*，意味着"翻
转"或"转折"。）大爆炸是要强调的大事件。它从无创造了
有。它是全新之始。在太初无限致密的奇点，时间和空间干
脆不存在。显然，这种状态不允许任何物理学的描述。如
今，大量咄咄逼人的线索表明，我们所谓的宇宙（源自拉丁
语 universus，全部），那所谓的万有，也就是存在着的一切，

绝非存在者的边界。柏拉图的同代人塔伦特的阿尔库塔斯曾问，[45] 如果他站在宇宙的最外缘，是否还能伸出手或手杖，这个古老的问题在今天找到了迷人的答案。若相信理论物理宏大的研究领域提供给我们的种种提示——比如膨胀说，亦即我们的宇宙在它存在的最初几秒内刹那间泡沫般胀开；或是暗物质说，它是那扩张着的宇宙不可见的力量；或是力求联系起广义相对论和量子力学的弦理论，那么人类的自恋就必定再遭重创。因为这些理论很容易推论出：我们的宇宙并非独一无二。对这些公式最大胆的解读——在这一点上，理论物理学家像极了中世纪犹太教的卡巴拉主义者，他们都在竞相破解着上帝的字母表——谈到了无穷无尽的宇宙，它们可以与我们的宇宙媲美，却又大相径庭，主宰其中的是截然不同的自然法则。于是，人类进一步萎缩，直至数学的零点。

　　一个有望一次性解决若干宇宙基本问题的颇有前途的新假说，让我们出乎意料地掉头、回溯至柏拉图的洞穴比喻。2500年前，这个寓言把我们人类比作被拴在山岩中的洞穴人，只能在面前的岩壁上看到二维的活动的影子，并以之为唯一的现实——却并不知晓，这些影子只是洞外三维真实的虚幻拓本。今天，天体物理学把这个想法变本加厉——以思辨性的数学推理。该理论声称，当一颗恒星在多维的超宇宙中坍塌成黑洞，就诞生出我们的三维宇宙。这个我们可以洞观的世界空间，无非只是一场在更高维的世界中被事件视界屏蔽的内爆。［46］换句话说：宇宙包含宇宙包含宇宙。我们必须把这无穷无尽的生发者想成一条灾难链。

　　人是一场宇宙事故。自打我明白了这一点，就如释重负。请您不要误解。我绝不是说，人是一场宇宙级别的事故。那就太可笑了。（人类不知餍足的傲慢竟还在沾沾自喜地夸耀着他们的破坏力。）灾难与偶然扩大了连锁反应，人是它的结果。是它的产物。却也：不是产物。并非众望所归。并非造物的极致。根本不是这类东西。反而只是附带的小残渣，是一场不太可能的宇宙失误偶然抛出的。某些东西可怕地出了错。事故就没完没了。但您大可安心。宇宙总是在稳定的不平衡的最边缘动手动脚。我坚信，我们称之为真空的世界基态，迟早会土崩瓦解。

[47] 记忆没有骗我。今天早上，我找到浪漫主义自然哲学家及画家卡鲁斯的画，它描绘了高祖母在冰海中的遇难地点。画名叫《夏慕尼的冰海》。我花了些时间，才发现山阴里的两个渺小身影，他们裹在深色的外套和帽子里，眺望广阔的冰海。我们仿佛在用他们的眼睛看着、触目惊心着。那是自然生活与精神世界、理性和内心观照的交锋，是由浪漫主义风景画家唤醒的荡气回肠。卡鲁斯称之为**大地的生命图景**。然而，不久之后，当我发现卡斯帕·大卫·弗里德里希对这幅画的反驳，甚或是对它的悖逆时，我多么震惊。他的高山展现着被冰海穿流而过的峡谷，向侏罗纪的湖底看去。那是——19世纪早期的骇异景象——虚空、敞豁的无冰之谷。冰川和人，一同从画上消失了。

[48] 我去过蒙坦威尔，也许就是弗里德里希和卡鲁斯曾经伫立过的位置。那时我多大？19？20？（可憎的年龄。）你也来过这么远吗，骨头？我身旁的男人是谁？卡里姆？（他大概已经死了。）伊夫-阿兰？还是那个早熟的男孩？（他到底叫什么？）老旧的红色齿轨铁道通至孤崖。缆车继而沿冰碛陡峭的侧壁下行，直至冰舌消融前的所在之处。我曾读到，窄路每年都要续建，越来越深，追随消逝的冰，阶梯不断下延。

罗尼丛林。国家宪兵队法研所法医实验室。

高祖母那具小小的裸体因脱水而皱缩枯萎，它的脆弱截然不同于尸检报告那根本没有身体的无菌语言，这种撕裂让我仿佛感到解剖刀的切割。

苍白的病理学家含糊不清地嘟哝着，好像我是几个星期以来他见过的第一个活人。他发现了尸体上的可疑痕迹。因为跌落？还是那些无情漂流、碾磨着的冰？

我读到：

不排除暴力行为及他杀。

这是什么意思？高祖母？

我们所有人不是都在

以或此或彼的方式追寻彼此？

我糊涂了，骷髅头。

[49] *事件的引力场*。仿佛我之在场被献身给一个诡秘的定律，它说的是：不可预见者一旦出现，就会堆积、结块。不可能性集聚在相空间（phasenraum）的凹槽里。我将追随哪个奇异吸引子的轨道？

冰川。如同我们。有生命的结构；开放的动态系统；复杂代谢的河流。它们出生，成长，移动，整合，它们储存，记忆，承载着时间的瘢痕，施展威力，萎缩，又消逝。它们是一个正在灭亡的物种。亿万年间，这些地壳的建筑大师尽显鬼斧神工之力，相形之下，人如尘垢秕糠。冰剥蚀峰岭，剐割穴谷，塑造大山大河。它扯走巨石，将其研磨成冰粉。这样的动力冲程需要给养。巨人以落雪为食，层层压力下越来越致密的雪推动着磅礴冰河，缓缓地碾向谷底。其实是：滑移，流淌。滞重，稠厚，如捕鸟黏胶。它们在斜面、在融水之溪上滑倒，被自身重量拖下去，以缓缓变形的流体，在没有支点的大地上滑行。

[50] 17世纪，在一个小冰河期的高峰，畏神的天主教徒把冰川扩张归罪于宗教改革，他们在北风中瑟瑟发抖地抱怨说，侵袭自然的严寒与信仰之寒一同到来，也就是说，17世纪，面对恐惧，受冰海威胁的夏慕尼教区子民——这庞然大物将吞噬整个村子和人，应谦卑地恳请日内瓦主教，他或许会最后对冰山驱魔，遏止其愤怒和流动。于是主教来了，说出他的祈祷，立起神圣的木十字。冰从从容容地埋葬了它们。

　　我在寻找你，玉泉洞的孩子！我搜遍网络。我想了解你的一切，你听见了吗？你在谁的枕上安睡，亲爱的，谁仔细看过你？现在和曾经，谁能触摸你？关于你，谁说过聪明话，谁曾胡言乱语！你源自何处，你是谁，你知道什么，你曾怎样爱过、怎样死去，骨头。
然而我什么都找不到。
算法沉默着。

　　这无耻的疼痛！

　　我梦见，我将——就像博物馆早就在用的放射法——被针刺充气，胀满脑室，我竟倏忽间希望，我的头会随时响亮地炸裂。

[51] 两个音节，

一种痛苦。

日日夜夜

我想的

只是

他苍白的皮肤。

尤纳。

因美而爱者，会爱
他吗？不，杀美却
不杀人的痘疮，会
让他不再爱他。

（帕斯卡）

在我的心智中，他永远美。

［52］如果的确如此，伯纳德在电话里说，人类学就完了。如果它不是都市神话，尚塔尔，他在电话里对我说——"它"指的是你，玉泉洞的孩子——这就是——我已经担忧起来——轰动！你就会颠覆一切，骷髅头！

柏拉图的爱欲等级。

人们最初享受美的肉体。在肉体上发现美本身。沉溺其中。继而体验到灵魂之美。有时它栖居在丑陋的肉体中。人们认出它更高级，义无反顾地追求它。最终，人们找到至高至上的美，亦即智识之美。柏拉图没说：有时它栖居在丑陋的灵魂中。

当心我，玉泉洞的孩子！

我是坏人。

我是病人。

我是思考着的人。

我是人。

像所有其他人一样。

仅此而已。

早已不再多。

不再少。

毕竟。我思考。

不，我不思考。

还没有。

我想先学着思考。

[53] 那种应是朋友本质的东西，

人们称作友善。

那种应是思考本质的东西，

人们称作可疑。

日日夜夜，

我想的

只是

他苍白的皮肤。

[54] 耶尔。《我之百科》。我翻遍房子，找高祖母的书。爸爸说，他从未听说过。他也这样说妈妈。我不知道，他出于纯粹的恶意，还是因为他的记忆确实朽坏得像他的牙肉一样。他或许一生都在等待着逆行性失忆症，如布努埃尔所写的，它会抹掉一生。

在爸爸的小图书室里，我找到一卷卡斯蒂利亚史。我拿在手上，开始读起来，并非对它感兴趣，而是因为尴尬。刚刚 11 岁的亨利一世被加冕为卡斯蒂利亚国王。他还太小，嗜权的阿瓦罗·迪·拉尔公爵强行摄政。却遭到民众反对，这片土地动荡不安。

> "当国王 1217 年 6 月 6 日被一块掉落的瓦片砸死时，内战的血腥场面似乎已不可避免，他的死却使局面突然彻底反转。"

费迪南三世掌权，把摩尔人赶出西班牙，永远改变了欧洲的历史。

偶然让脑袋出了丑。双重羞辱。因为，源于头脑的人造品，又落下来、砸碎了它。你听见了吗，骷髅头？当心！

[55] **耶尔**。爸爸处于一种让人作呕的状态。在他栽倒死去、我得清理他之前，我主动逃离。他也显然轻松下来。没有告别。没有安息。宾馆房间里的寒颤。

我为什么发抖，你想知道吗？

骷髅头！别幻想！别以为，我会爱上你，因为你美，因为你特殊，因为你从成堆骨骼中脱颖而出。千万别！否则你就错得离谱了。你是一具残弱的骨架，很可能这都算不上。你是一幅素描，一份草图，你空心的骸骨已被碾碎、已灰飞烟灭，或永远湮没在地壳的粪坑里。即使现在不是，百年后、千年后、千万年后就会如此。永恒很有耐心。骷髅头。是的，也许我会湿起来，当我看着你，确实，当我对你讲话、当我只想着你。当我说出你的名字，我会眩晕。为什么？因为你属于灭绝者，属于永远消失的人。你赢了。你做到了。因此你才能眼睁睁地迷惑我，我像你一样，卑微，硬化，因此我爱你。骷髅，因此我崇拜你，性感的骨头！

[56] 已灭绝的卓越人种：

–阿法南方古猿

–爪哇和北京直立人

–尼安德特人

–弗洛勒斯人

　　　　　　　　　　　　　我感到体内一种可怕的不安。

演化熟悉两种发展形式

a）一个物种因灭绝消失

b）一个物种因变异消失

我们将会如何？

　　　　　人可能是机器的儿童病

　　　　　就像思考是人工智能的儿童病

　　　　　就像现实是虚拟的儿童病。

人们在讲孤独乔治的故事，他的物种里最后一个。这只雄象龟来自加拉帕格斯群岛中的平塔岛。他几乎有100岁，懒得去爱。他顽固地拒绝交配。他无可挽回地厌烦配对。最刁钻的兴奋剂也无济于事。伊莎贝拉岛、圣克里斯托瓦尔或西班牙，不论哪里的近亲小雌龟他都不想骑。她们满怀信心产下的蛋没有受精，终于坏掉。孤独乔治的物种，[57] Geochelone abingdoni［平塔岛象龟］，随着他的死灭绝了。平塔岛上的最后一只雌龟在何时消失？最后一个后代何时丧命？我们不知道。终点大概都是相似的。最后一个吻，最后一句温柔话，最后一次性行为——错过了。它们总是无声无息地溜过。

消逝总是悄然无觉。

我感觉病了。

早上，他裸着，用他生锈的小摩卡壶煮咖啡。

我怕什么？

（怕他屁股上方的腰窝。）

巴黎。

冬天。阳光灿烂。

天文学的散文诗如此描述我们的星星：它是主序星行列中光谱型 G2V 的黄矮星，质量 $1.989×1030$ 千克，直径 1392000 千米，光度 $3.83×1026$ 瓦特，绝对星等 $+4M,82$。在它极深邃的炽灼内部——一个大型聚变反应堆——这颗黄矮星在 1500 万摄氏度的高温下把氢融成氦。相当于每秒钟把 500 万吨物质转化为辐射能量。这个浩大的反应以 90 兆颗氢弹的威力，一秒接一秒地从头再来。高能光子被释放出来，接下来的一万年，它们抗争着恒星内部等离子体的丛林，直至以阳光的形式从其表面射出，然后只需 8 分钟就会到达地球。冬天。阳光灿烂。

［58］内核中一半的氢已经燃尽。然而我平心静气。黄矮星
变了，仅此而已。为维持稳定，内核必须坍缩。它会越来越
热，越来越致密。核聚变速度加快，能量因此加强。模型说
一种毫不含糊的语言：这颗恒星的光强将会在10亿年间升
高三分之一。这很可观。意味着，太阳的辐射会越来越热。
再过50亿年，核能储备就会耗尽。太阳终将冷却，扩张成
闪耀的红巨星，被猛烈的恒星风环绕，吞没内行星，把每个
或许还能在此期间自救的生命化作蒸汽。它会重新坍塌，最
终缩聚成白矮星。美得不可思议，不是吗？

一个结局美满的矮星国故事。

灵魂骇异大惊，看到美的刹那，它怵然战栗。柏拉
图说，这就是灵魂长出翅膀的时刻。

（它们只是用蜡粘上去的。）

我离太阳太近了。

尤纳。

我用什么公式
才能理解
这坠落？

[59] 行星轨道纯然的宏大和不可企及遵守着简单的法则，当开普勒明白这一点时，他感受到的迷醉就像我们忘记的音乐：

天体的和谐。

Harmonices mundi libri V ［《世界的和谐》］

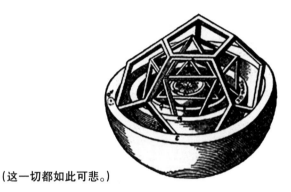

（这一切都如此可悲。）

图 38——开普勒的宇宙内部。

　　阴柔男孩。这是尤纳给自己做的一系列自画像。双重讽刺，显然，让人想到后现代理论和所有性别建构的难题。等等等等。可它们是纯粹的诱惑。看着这些画，我就会丧失理智。

[60] 尊敬的布兰查德博士女士:

非常感谢电子邮件。抱歉我的法语。但我尝试。我从未听说过玉泉洞的孩子，也没有听说过玉泉洞里有过什么古人类化石。抱歉，您从哪里找到这个糟糕的想法?

19世纪的发现，我真的认为不可能。在日本群岛上第一次发现古人类化石是1931年明石的原人髋骨，但可惜在1945年的空袭中摧毁。世界闻名的港川人在1970年发现，距玉泉洞只有1公里，是全东亚最完整的更新世人骨! 几年来我们孜孜不倦地在玉泉洞旁的武艺洞（Bugeido）挖掘，希望找到更多港川人遗迹。日本超过35000年的古人类化石不幸至今仍埋在地下。只有智人。没有直立人或更早的人类。35000年前的日本移民，我们只有石器的间接证据。问题是，简单说，土壤很酸，阻碍了陆地上有机残骸的保存。大部分古人类化石埋在琉球岛，冲绳县。琉球岛大部分是珊瑚礁，它包含特别利于化石形成的碳酸钙。现在的考古证据提示，日本群岛上最早的古人类占领发生在同位素阶段五，距今127000到76000年之间。日本岛被深海环绕，只有海平面深度适于渡海，人类迁移才合乎逻辑。另一种可能性是某种形式的舟、筏技术。也许这就是原因，最早的日本占领为什么在人类史前很晚才发生。由于深海拔，陆桥几乎从未形成。至少两次，在更新世中期，[61] 朝鲜半岛和日本岛之间，距今600000年和430000年。巨型土壤动物迁移，比如亚洲主陆的剑齿象（Stegodon orientalis）和诺氏古菱齿象

（Palaeoloxodon naumanni）就使用这些路桥。这个时期没有人类占领的任何痕迹！后来没有陆桥在更新世，末次冰盛期从未有。美好的假说认为，港川人从亚洲南部或东南亚，跨过庆良间海峡乘筏或独木舟从一个岛跳到另一个岛。

简言之：日本没有早期人类的证据。玉泉洞没有古人类化石。根本没有19世纪的发现！

我希望，我帮助您。

如果您有问题，请让我知道，我高兴说更多。

致以良好的问候，

小林高崎

[62] 我发现自己，是的，我承认，骨头，持续地
性交后抑郁。

> 我梦见你了，玉泉洞的孩子。我穿过古老的森
> 林。在两棵灰蒙蒙的树间看见你。你多毛的皮
> 肤，晃动的阴茎，微弓的体态，几乎不到1
> 米，就像个3岁的幼童。你的长臂中抱着一捆
> 柴。你一句话都没说，只是用那双大眼睛望
> 着我。

巴黎。上午在索邦图书馆度过，然后去了圣吉纳维
芙图书馆。塞纳河岸变成这座城市的历史博物馆。
又变了主意，在植物园睡得像个死人，直到被混蛋
警察叫醒，他以为我是喝醉的流浪汉。再没力气去
国家图书馆。吃烤肉，加了很多洋葱。巧克力面
包。红牛。大百科全书没有词条。既没有你，骷髅
头，也没有高祖母或是她那部古怪的著作。19世
纪拉鲁斯大百科没有，我翻过的所有发黄的辞典、
人类学、古生物学、考古学的专业书籍，所有传
记、文学、日本游记、日本史前史，全都守口如
瓶。所以能推断出什么？高祖母的书子虚乌有？你
也是吗，侏儒？

这些
丑陋
的
巴黎
野孩子！

[63] 布兰查德家谱

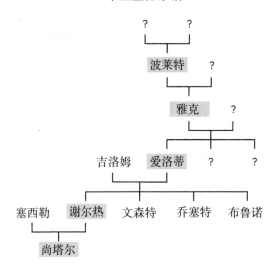

　　我难道不渴望真正的同性恋、少女、和我一样的老人？不，我要这美少年！我更想耽溺于胡说八道的退休老妇的色情！我沉醉于荷尔德林的许佩里昂、卡拉瓦乔的娈童和希腊诗选！多可笑！如果我是男人，就会像老阿伯拉尔那样结束，为妩媚的爱洛漪丝被施以宫刑！就会像萨德侯爵那样，顶着他的下流，在疯人院死掉。我这个笨拙、冷淡、痴心妄想的维纳斯，想把美丽的阿多尼斯怎么样？是啊，笑吧，骷髅，笑吧。我感到耻辱。多么痛苦！

［64］我们打开书，情话多于阅读，亲吻多于言辞，眼眸一
往情深地彼此映照，却不随浏览垂目于文字。

就在那，骨头，
果真在！

标题：我之百科

作者：布兰查德·波莱特

出版社：巴黎，九街，1881

残次本

我感觉自己回到 80 年代，又成了学生，坐在
文物展箱前、盯着图书馆老卡片的缩微胶卷。

一本书怎么会消失呢？怎么会？

[65] 与伯纳德·伊夫见面（法兰西公学院），巴黎，11月27日

假说1：玉泉洞的孩子（KvG）只是高祖母的杜撰。

几乎不可能。没有人在那个时代有目的地寻找化石。第一个这样做的人，是尤金·迪布瓦，20年之后，1891年。（被达尔文动摇的信念冥顽不化，生物物种由上帝创造，不可改变。）高祖母怎么会突然有了这种想法？（还不如画UFO呢。）最重要的是：如何解释弗洛勒斯人与素描骨骼之间惊人的一致性？与露西如出一辙？与100多年后的代表性发现相似？驳回假说。

假说2：KvG是一场骗局。

然而，谁的骗局？为什么？从何时起？这幅画在老房子里积了100多年的灰。至少爸爸声称如此。他说是在某个柜子里找到的。这个老头虽然坏透腔，却不聪明！驳回假说。

假说3：KvG是一个侏儒直立人。

这意味着，直立人定曾到达过冲绳。（当然，迄今为止，毫无凭证。可毕竟：中国东部有化石。）或许，直立人在陆桥期MIS16或MIS12与巨型土壤动物一同迁徙而来？或者从中国东南部，跨过地峡，经台湾到达琉球岛？他是偶然随漂浮物冲上岸的吗？（2004年东南亚海啸，水中植物载人漂流远达150公里——在地质活跃区是可信事件！）上岛后，直立人经受了严重的岛屿矮化过程。（也是弗洛勒斯人的研究问题：灵长动物的脑可以演化缩至网球大小吗？）如果可能，那么在两个相距甚远的岛屿上（弗洛勒斯在东南亚，琉球在日本），同种直立人走上互不相干却殊途同归的演化之路，并产生可资对比的结果？（对比霍比特人，对比你，骷髅头！）假说难以

我痛恨埃菲尔铁塔，我们在它的餐馆吃饭，因为，正如莫泊桑所说，那是全巴黎唯一一处不必看到它的地方。

置信。

[66] 假说4：KvG是散布亚洲的原始人或猿人的后代。

极端结论：

不同于老生常谈的臆想，近200万年前离开非洲的第一批类人生物，并非高大、强壮、长腿、有多么聪明的直立人，而是低级、矮小、微型脑的原始人种！能人，甚至是晚期古猿？该物种起源于东北非，350万年前开始扩散，不止南至南非、西至乍得湖，还进入了西亚（德马尼西化石！），并从这新的生息地、从这条此后将远跨非-亚欧的草原带进入东南方的爪哇（弗洛勒斯人！）和远东，在冲绳，该物种最终存活至晚更新世，形态几乎未变！亚洲草原一度覆盖半个地球，为无数类群提供了扩散通道。为什么不能是你的祖先呢，骨头？伯纳德欣喜若狂！"这可是一鸣惊人！拼图完整了！"假说很美。

假说5：KvG是病态的现代人。

你是矮小的侏儒吗，骷髅头，小头畸形？呆小症？拉龙综合征？唐氏综合征？你是冲绳乡下的白痴？又来？假说无聊且不可信。

假说6：KvG是人类的儿童。

这后倾的扁平额头，外凸的眉弓，阙如的下巴！原始的标志。你不会是现代人，侏儒。颅骨缝看来已经长合。牙槽数量可推断长出的智齿。你不是儿童，玉泉洞的孩子。你是个男人，对不对？驳回假说。

[67] 假说7：KvG是弗洛勒斯人。

伯纳德根据小林的提示提出的诡异论题，港川人在末次冰盛期（公元前2.45—前1.8万年）从东南亚迁徙而来。你，骷髅

（我想知道，伯纳德怎么能把那么多女人搞上床。这口臭。）

头，是个弗洛勒斯人，与智人一起，坐着摇摇晃晃的小船，移居此地，成何体统？理论太荒诞！弗洛勒斯岛上发现的首批现代人证据证明他们11000年前才出现，来不及讲圆这个睡前故事。再说智人为什么合作？为什么要带着你，侏儒？作为粮草？还是泰迪熊？

自慰才能睡着。

我观察着一切。一切都与我无关。我观察着：青苔、塑料、人、死鸽子、我自己。所有这些东西。我坚持认为，我与自己没有任何关系。

我是暴君。我观察，对我观察的客体施暴。我改变了它。比如今天，我观察了行走时的自己。我穿过巴黎的大街小巷，于是行走，这想来自然而然的过程，变得越来越不可能。行走在我的目光下碎了。它与自己陌异起来。脚掌在柏油地面上落下、展卷，双膝轮流弯曲，它们的所为均与平日不同。它们变得战战兢兢，不知该做什么，突然尴尬至极，好像是第一次演练，而非亿万次反复。它们终于瘫痪了。放弃了。我的目光太无情。它们太弱，承受不起。你们干什么？我问。你们干什么？它们不再回答。身体立在那，麻木着，一步都迈不出。这是我与自己无关的证据。只有我不在场，我才可能行走。谢绝干扰。

[68]

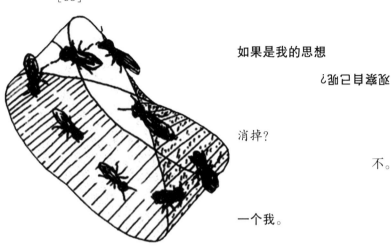

如果是我的思想

消掉自己吗？

消掉？

不。

一个我。

我5岁。站在厨房里，看妈妈干活。我们在圣-日耳曼区的龙街还有一套小公寓。厨房很小。真的。两个人都不够。收音机响着。我站在那里看，闻着那熟悉的甜香。妈妈在炸苹果圈，我好喜欢。她削苹果，去核，切片，裹上稠面，放入嗞嗞作响的平底锅。这时我察觉，有什么东西不对。很奇怪。但我不知道是什么。我看向四周。是从舌尖开始的。麻，木，好像我不小心咬到自己，或是被热甜食烫到。这种感觉蔓延开来。到我的脸上，很快充满我的头。我好怕，什么也没说。我继续看着妈妈，糖，肉桂，继续闻苹果圈的香气，继续听收音机。这时我才发现，一切有多么遥远。我站在小厨房里，它却突然变成长长的窄廊。它越来越长。我大叫：妈妈！妈妈！回来！她从远处喊，别闹。她就在我身边。我意识到恐怖。我安静地注意到，自己在缩小。我的身体只有此前的一半，只有四分之一，只剩下几厘米。一切都离我远去。麻木侵袭了我的手臂。我恶心得要命。我要吐了。留下来的只有轻微的头痛。

［69］寇普的系统发生增长律：
在种系发生的演化过程中
身形递增。

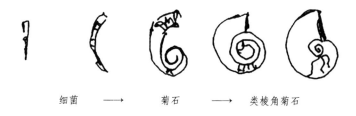

细菌 ——→ 菊石 ——→ 类棱角菊石

你听见了吗，无事生非的侏儒？你为何逆道而行？
你想讨好我？用眼窝抛媚眼？你想模仿著名的有孔
虫类，那越来越小直至完全消失的单细胞海洋
动物？

北部地区有种叫作扔矮人的古习俗。人们给侏
儒扣上安全帽，像铁饼那样扔出去。当心！

[70] 我的前额叶皮层关机！
我的血清素系统崩溃！
我的自闭症滚蛋了！
我的下丘脑在呕吐！
下流的多巴胺！
卑鄙的去甲肾上腺！
无耻的缩宫素！

图：爱

有一次我想：我必须警告尤纳。

我得提醒他提防我。我警告他。

他说：我早就知道。

我希望，我可以
在一种思想中溶化。

巴黎。在玛格丽特·杜兰特图书馆避难。

可能吗？真的吗？

布兰查德·波莱特，1853年生于巴黎，
资产阶级公社社员，巴黎公社期间是蒙
马特委员会中路易丝·米歇尔圈子的成
员。庇护下逃过追杀；后流亡日本。

告诉我，高祖母，你为何留给我这样的谜？

你藏着什么秘密？

冰川埋葬了什么？

[71]

你是谁，玉泉洞的孩子？你生活在何时？你从哪个迷梦飘落？

命名者伯纳德，给我们起了新名字，骷髅头。你：冲绳人。我：厌世尚塔尔！

何时，你灭绝了，冲绳人？骨头？人，你可曾遇见过智人？

你在哪，骷髅？

地面埋葬

的消息，骷髅头？谁会大费周章，竟藏着巨大的阴谋？骨头，没有

可能，做出研究确证？

消灭你所有的痕迹？相

什么？什么？

是否可能，有人不想公开你

最终量

是什么让西博尔德对你守口如瓶？'骨'、'骷'无声无息地消失，仿佛从未存在过？

他的发现如何莫名其妙地被甲申

他认为你不重要，

另一种说法。

素描有

古 人 类 学 还 在 初 始 阶 段？所 以，化 石

[72] 倘若回顾，去观察我生命中那些乱线、死局、波动，那些突兀而荒谬的枝枝杈杈和一段段间隙，倘若问我自己……从何而来？这些被人们称作爱情的灾难，从哪里开始？爱情永远是爱情的回忆。何处是原型、第一个致命陷阱、最初的坠落？在卡里姆身旁，年轻时，当我猛然颤抖？祸患是他的身体，他的笑，他的死？但为什么是他？什么决定了他？因文明而中邪的我的理智。然后呢？妈妈的乳房？对子宫的记忆。最重的伤。什么决定了出生？父母不祥的媾和。阿尔及利亚战争。让妈妈逃亡的枪击。阿尔及利亚战争呢？殖民的悲惨。世界秩序的断裂。拿破仑的埃及之战。为了繁衍的祖先。我将从百分之一进入千分之一。我将在悖论中失去我自己，或在困境中打出死结。最后我必须以一种愚蠢的姿态拒绝因果本身，或者，从虚无的崩塌推导出这场爱情，崩塌负责一切。

2

[73] 本质上什么都没有。没有。这是理论物理最基本的洞见。然而后一句更充满预兆。它说：虚无无常。

1952年8月，纽约，伍德斯托克一场钢琴演奏会的听众们见证了音乐史上的石破天惊。一位艺术家走向钢琴。他坐下来，在关闭的琴盖前静坐了4分33秒。整场表演中钢琴家抬手3次。

当时首演的作品是约翰·凯奇的《4分33秒》。它无疑是一曲最彻底、最美的新音乐。最初叫作三乐章的四分半沉默。玛沃里克音乐厅的听众们愤怒、怔住或感到无聊，有人已经开始聊天，另一些离开了大厅。反正已经宣称，曲子由持续四分半的静寂构成。不会再错过什么。

首演的前一年，约翰·凯奇参观了哈佛大学的消声室。后来他讲述过这段特殊经历。这个无声的空间绝非静寂。他反而听到了两种噪声，高亢的呼啸和震颤的低吟。他对此大为光火。技术人员后来向这位著名音乐家及菌菇专家解释说，高音是神经系统，低鸣是血液循环。

[74] 凯奇后来回忆说，1952年8月上演《4分33秒》

时，可在第一乐章听到外面的风，第二乐章雨开始在房顶滴滴答答，第三乐章则是人们自己制造出种种能想到的明显声响。"没有静寂之类的东西。他们以为的静寂充满偶然的声响，只是因为他们不会听。"

要听的是这三段静默乐章中连绵不绝的噪声。偶然本身成了音乐。每声轻咳，每次椅子上不安的摩擦，第一排老人们的粗重呼吸，外面飞驰而过的救护车警笛，饥饿的婴儿的哭喊，几乎察觉不到的顶灯的嘤嘤嗡嗡。静寂，反而是未被乐谱记录的所有声响。移宫换羽，不可预料，在音乐厅的每一处都有着不同的密度和变化。这是创作音乐以来最复杂的一段。人们倾听着，就像倾听巴赫的奏鸣曲。

物理学的虚无如同凯奇的静寂。《4分33秒》的总谱上没有一个·音符。是冥顽串行的有节奏的空。而在物理学的空穴里，在实验室而非音乐厅上演的量子力学等价物里，没有一个分子。所有物质都被清除，甚至是：所有光和热。留下来的，只有无处不在的不在。除零星漂浮着的基本粒子及微量的电磁辐射，我们宇宙的绝大部分都等同于这真空状态。它是世界的基态。而世界，您或许已经注意到，冷而空。

可现在，量子物理学为我们揭露出闻所未闻之事：虚无的躁动。也就是说，虚无充满着神秘的能量。凯奇的静寂开显出世界无休无止的轰鸣。[75]物理学的虚无开显出永不倦怠的颤抖和痉挛。那是量子涨落的随机音乐。换句话说：是虚空的闪烁。量子真空是永远躁动的空间，是虚粒子的喧嚣鼎沸和仓皇颠荡，它们从无中显现，又在无中消失。它们在不可测量的微隙里沉沉浮浮，没有眼睛能瞥见这个过程。这些虚拟物是忤逆作乱者。它们蔑视那种说能量不生不灭、只可转换的守恒定律。它们嘲笑着法则，扩展开无，把此处隆为阳、彼处鼓为阴，可能的无限旷远，直到两极对撞时再次湮灭。零和游戏的高手，微观宇宙的窃贼，它们倏忽间偷走虚空的能量，迅速得让这丑闻神鬼不知。现代物理学的虚无是可能性的无，是高能的、创造性的无。

要认识它、描述它，需要一种理论性的正面进攻打破我们对现实的构想。20世纪初，量子论给思考着的人类带来形而上的震撼，百年后的今天其冲击余威不减，仍然让我们踉踉跄跄。自牛顿以来，人们认为宇宙虽复杂，但明确，它是在空间、时间和普遍自然规律的常数基础上展开的物和力、原因及其必然后果之间的相互作用，简言之：一部机械的、滴答作响的、冷漠运行的钟，原则上它的所有细节均已永永远远地设定下来，可以计算，因此最重要的是：可以预言。量子力学却在物理学描述的世界中引入此前从未想象过的东西：不确定性和偶然。经典物理学家的噩梦，以及我静悄悄的幸福。

[76] 1927 年，维尔纳·海森堡首次提出的测不准原

理，正是在描述这种我们的现实固有的弥天大错：单一性
的缺失。极微粒子的世界，彻底颠覆了物理学家的认知。
在微观领域，如果测量一个粒子的位置，它的动量就必然
飘忽不定。相反，测量动量，其位置就势必晦暗不明。更
甚者：在测量粒子所在之处前，它没有位置。而是处于一
种被物理学家称为叠置的奇妙状态。这是可能性的状态。
粒子，只要它尚未被观察，就会以波的方式悖谬着，同时
在不同的位置。（您能想象，发现这种状况的物理学家们有
多么绝望、多么心醉吗？）是观察，也就是说，是它与环境
的相互作用，才让波函数刹那坍缩。它崩毁了，固着于唯
一的现实。即便在确定的框架内，它也会这样做，哪怕极
其偶然。简言之：量子影响的世界是柔软的。它不精确、
不可测、充溢着可能。当人们也试图把握微观现实的时候，
它逃之夭夭。

奥地利物理学家埃尔文·薛定谔证明了这种怪诞的意
义，1935年，他想出一个量子物理波函数的直观例子。如
果我们日常的现实遵循相同的原则将会怎样？为回答这个问
题，薛定谔想象出一种奸险残酷的"地狱机"。在这位暴虐
的物理学家的思想实验中，一只猫被关进保险箱，箱内有一
种精致的随机装置，一种恶魔的量子谋杀装置。它由少量放
射性物质、一个盖革计数器、一个小锤子和装有致死氢氰酸
的烧瓶构成。[77]如果有一个原子衰变，就会启动运作过

程：盖革计数器弹出，小锤子掉落，砸碎烧瓶，释放毒药，瞬间杀死猫。

保险箱先被锁起来。因此看不到里面。按薛定谔的设想，原子在一个小时内衰变的可能性是百分之五十。量子力学上，人们就会把这种无法观察的不稳定的原子核描述为叠加态。

换句话说：原子核既衰变又未衰变。我们被日常现实决定的条件反射会让我们立刻喊道：它或者衰变或者没有。量子世界反直觉的现实却截然不同。这就是它最美妙的惊喜：它是一种既-又的现实。不论怎样，恶魔物理学家在关闭的地狱机前等了一段时间。他也许吹着春之歌的口哨或是写下几个公式。薛定谔得出佯缪的结论，在保险箱里猫一定既活着又死了——如他所言："被等份混合或抹开。"只有开箱——因此是通过观察！——谋杀机才能刹那间确定——或生或死。

如果我现在对您泄密说，您也终将被交付给这佯缪、闪烁的虚无，将会怎样？暂且不说"被它混合或抹开"？70年代以来，有一种相容理论认为，粒子与力构成中子和质子，它们同是物质的不变基础。我们的身体，如周遭万物，皆由大量这种粒子搭建而成。夸克间的强相互作用生成中子和质子，而不久前其复杂的数学才真正演算解决。[78]为此需要设计繁复至极、由上万个独立处理器组装成的平行计算机，它们轰轰隆隆地连续工作数星期之久，才能最后揭示这阴森骇异的知识：绝大部分粒子在夸克里根本找不到，而是在其间的真空中，在相互作用的场中，在虚空空间内不断产生又湮灭的虚粒子中。简言之：大多我们所是、所谓的物质，无非是闪烁的虚无。

不止如此。我们再靠真空近一点。它早就在我们的皮肤下。

对称是一种魔力。要理解我们的宇宙，它绝对必要。如果问到自然科学最重要的知识，就会有物理学家不假思索地回答："宇宙法则建立在对称的基础上。"那么，何为对称？它是对操控的置若罔闻。（与金融市场相反。）一个完美的球体高度对称。不论怎样翻转、旋动、推移，它的形状始终如一。液态水或虚空同样对称。亚里士多德写道，此空无别。其内之石不知何为上下。因此它不可能：掉落。

却正是这掉落，决定着我们的现实。坠降只有在发生最根本的改变后才有可能。物理中我们称之为对称断裂。这种现象您很熟悉。比如，它发生在液态水结冰的时候。未冷却的小水滴在大气云团的晶核周围积聚、凝结，与对称义断恩绝。它固定下来，变成雪花，[79]变成高度复杂的分形结晶。罪大恶极的变形！雪花也对称，但相比于水的绝对对称毕竟有限：它只遵从轴对称及 60 度角的旋转对称。系统总趋向于更低的能量状态。所以人愿意躺在沙发上。换成雪花就是这种有序的结晶态。降温才使之成为可能。在临界阈值以上，水分子的热运动遏止着这种被欲求的状态。雪花因此融化在我们的皮肤上。

布里丹之驴的动人困境向我们展现出偶然的作用。驴子是个悲惨的角色，与薛定谔的猫不相上下。这些偶然扎堆出现的动物类比可能会让您错误地认为，我很喜欢生物。绝非如此。（尤其是人这种古怪的动物。）布里丹的驴也在大多数实验过程中被献祭给理念之美。法国经院哲学家布里丹想象这个畜生刚好在两堆完全相同的干草之间。对称状态。此时思想者再次展现出他们的残忍本能。布里丹说，驴子定会不知所措，无法在两个草料堆之间抉择，最终被饥饿压垮，凄惨丧命。

然而在该实验的量子力学版本中，驴子幸免于难。至少目前如此。虚苍蝇围着它的脑袋嗡嗡嘤嘤，只有虚无或地狱才能吐出如此频繁、如此恶毒的涨落，驴子不堪其扰，动了起来。就这样打破了它在两堆干草之间形成的轴对称。此事发生纯属偶然。为赶走虚苍蝇，愚钝的畜生把头向一侧晃了晃，[80] 这样就发现自己离其中一堆干草更近，于是迫不及待地向此方向走去——浑然不觉自己刚刚成了宇宙的隐喻。对称坍塌！驴子将会在幸福的偏斜状态中大饱口福。

上帝不扔骰子！爱因斯坦写道。十数年之久，他顽固地尝试反抗这怪物，反抗量子论及其暗示，却徒劳无果。他或许是对的。骰子不需要什么上帝。它从真空落下。

在我读书的地方，大学的精神病院就在理论物理研究所旁边，这并非偶然。一位知识的受害者虽然再次逃离医院，却在我们研究所的大门上用粗体字写下但丁《地狱》里的引言："你们走进这里的，让一切希望离开吧！"

连爱因斯坦广义相对论的动态空间，就是那个弯曲、延展、变形的引力空间，也服从着量子场的涨落。测不准原理负责让空间本身随机涨落。这轻柔弯曲的空间，在我们的日常经验里表现得恒久、安宁、平坦，却在最微小的平面上沸腾着、破裂着，被甚嚣尘上的量子活动洗劫着、瓦解着。这是在普朗克尺度之外上演的过程，在百万分-十亿分-十亿分-十亿分之一厘米的长度范围，在百万分-亿万分-亿万分-亿万分之一秒的普朗克时间之外，它当然——在可理解的事态之外。超微领域的世界分崩离析。那是个无休无止的世界，不服从，非理性。上下、左右甚至前后之类的范畴，都在那里失去意义。时间和空间失灵了。场的涨落比光更快，它们在时间中发疯似的前后跳跃。所有人的概念对这些状态都无济于事。[81]毫无意义。在普朗克长度和普朗克时间的数量级内，量子的测不准让宇宙的时空结构如此强烈地扭曲变形，以至于我们——目前——

只能沉默。计算下去。

虚无无常。虚无也可能，不，也必将坍塌！就像每一个
对称系统。就像完美的球体，平衡在普朗克尺度、极其精微
的锥形山尖上。无疑，它不会永恒。虚无定然坠入某种不对
称。真空的对称，那双双从虚无中产生，又在狂喜结合的片
刻湮没的虚粒子和反粒子的对称，那在两极间摇曳不定的平
衡，会倾覆落败。当虚空的抽搐太过剧烈，当涨落超过临界
点，系统就会开始，一发不可收拾地，坠入非对称。倘若涨
涨落落的虚无坍塌，会如何？什么发生什么？

简单说：世界。
那场灾难，我们称为宇宙。

就像明希豪森男爵的胆大妄为，拽着头发把自己从虚无
的泥沼中拉入此在。但若要问，在我们称为大爆炸的事件发
生之前发生过什么——这意味着：在涨涨落落的空间之前！
在时间的非对称之前！——无所畏惧的物理学家们就会给出
一个朴素的答案。您已有预感，它一定会是：无！

我们的宇宙自发出现，没有原因，没有意义，没有上
帝，没有任何不动的动因，是的，竟至悖谬得没有时空，这
在数学上合理甚或可信。这种观念的抽象羞辱着人类有限的
心智。它不会在我们贫瘠的概念里，[82]却只能在数学的

语言中结晶闪耀。这个如此接近量子力学的世界，是绝对虚无的现实后果。一次坍塌，一次进入非对称的降落。第一原因只是偶然。

您身体的哪个部分在您的脚下？什么比北极更北？事实上，我们无法思考 Creatio ex nihilo［无中生有］，是语言的本性。即使没有时间，我们也只能追问此前。即使没有空间，我们也只能追问地点。我们高度复杂的语言的演化，保证人类在时空中的生存。在观察彻底对称时，却无能为力。语言，也就是我们的想象，可以把握既成的事实。也能触及甚或自行创造出纯粹的可能性、纯粹的想象以及含混多义的领域。这是它非同一般的创造力。本身就是结构的语言，无法把握没有坐标、没有结构的：虚无和绝对。与之相反，数学可以渗入这些领域，对我们做出答复。它就像显微镜，可以让人眼不可见者可见，让无法想象者可想。

在封闭宇宙中，方程式告诉我们说，在一个像球体那样自行封闭的宇宙中，物质的正能量被引力的负能量抵消。这是爱的法则：两个相互靠近的身体比相互远离时势能更少，因为它们需要力气去逃离彼此的引力并保持距离。距离越远，负能量越强。（欲望。）［83］数学事实是，在我们这种高度统一的宇宙中，物质的力与引力相互抵消。它们扯平了。此事的结果令人难以置信：我们宇宙的总能量是精准的零。

没有守恒定律或物理规则，禁止这封闭宇宙的诞生，禁止这场大规模零和游戏从虚无中开演。更甚者：根据量子力学的法则，这极有可能就是发生的事实。

我们的宇宙历史可以被描述为灾难史，一部绵延不断的对称的坠落史。按当前阶段的理论，宇宙最初的那些瞬间经历了一系列万劫不复的崩毁。要生成我们今天所见的世界，时间的对称必须首先坍塌。此后它不可抗拒地迈向一方。只有经由这次碎裂，才可能出现生物，去言说曾是、今是、将可能是。

于是时间诞生。历史开始。零点的宇宙有着不可思议的密度和热量。现今世界的四种基本自然力——引力，电磁力，强、弱核力——在对称状态中统一于唯一的原力。宇宙开始扩张。它冷却下来。正如蒸汽凝为液态水，又在 0 度时结为冰，宇宙的对称也在其诞生的最初几秒因温度急剧下降而七零八落，变成越来越不对称的形态。最初分离出来的是引力。尚无原子，唯有电磁辐射。也就是光。在这芜杂涨落、喧嚣汹涌的鼎沸之中，[84] 虚粒子和反粒子诞生了，它们碰撞、又再次湮灭。这时，一次后患无穷的坠落开始了穷凶极恶。宇宙微微倾入不对称，粒子的数量比反粒子多了微乎其微的十亿分之一。当对称极仍在继续相忘相消，这一点点多余残留下来。它再也无法消失了。这就是物质之始。它继续碎裂、分离、变形。在千分之、百万分之、十亿分之、十亿分之、十亿分之一秒的年龄，宇宙由于另外一次对称断裂坠入不稳定的状态，并释放出巨大的能量，如此产生的负压，竟让空间开始对抗着引力急遽逃离，它距自身越来越远，虚鼓出无限无垠。这骇异阴森的事件，留下我们平坦、光滑、规则的宇宙，并预先遏止住它可能的溃变。一个宏大的泡沫，一个虚无的装置！这是时空量子涨落超微观的偶然偏斜和抽搐，它膨胀至如此规模，竟让如今已浩渺无垠的宇宙显现出块状结构。这些粥糊和结节，无非只是鼓胀至无限的量子疼挛。而物质后来的引力坍塌，让星系、恒星、行星、人类和女物理学家从中脱颖而出。我们所有人，都来源于虚无随机的涨落。来源于它的膨胀和结块。观察过此事后，我们必须承认，虚无，一如既往地，是人性最显著的特性。

　　下一次，当您又感到厌倦，当您清晨开车上班，[85]看到同龄人憔悴、无望的脸，当您踩上柔软的狗屎堆，当您再次被伤害、被离弃，当您惊诧地翻开报纸或是夜里不眠地盯着棚顶——那么您就要确信：无。本质上什么都不存在。下一次，当您看到美——在身体上，在自然形态里，在声响中，在艺术品或思想中，你就要想到：本质上什么都不存在。只有不稳定的空的蜷曲，只有它偶然的不对称。只有无的小坍塌。

我在此所说的无，绝不平静。不是永恒和谐，不是万有归一。不是爱，甚至不是静寂。我在此所说的无，是噪声。

1965年春，纽泽西，两位美国通信工程师在霍姆德尔倾听着一种特殊的声音。他们正研究一个项目，借助看似古老的回声-气球-卫星——一个由闪亮铝膜制成的环绕地球的巨球——探索星球的平流层。他们用让人想起古代听筒的10米长的天线喇叭接收银色气球卫星反射回来的信号。让工程师十分生气的是，他们还听到一种恼人的干扰噪声，一种古怪的、无法鉴定的嗡嗡声，他们把原因归咎于他们可笑的接收器的缺陷。无论如何，这种想法的质朴和谦虚应被称赞。可它却离真相远得不能更远。最终表明，这是大爆炸呼啸着的回声，是140亿年前世界从虚无中诞生时的回响。

［86］一年前，1964年，约翰·凯奇在布拉格的一家书店拿到一张南半球的星图。标题是《澳洲图集》。星图是一种特殊构造，它或许源自人类想在苍穹不可理解的偶然性中创建出清楚秩序的渴望，它把光点——那些宇宙中毫不相干的物体——按亮度或大小综合成种种形象。

凯奇打开星图，穿过混沌的宇宙，画上五线谱系统——音乐的基质。谱线与画在天穹上的星辰撞击，诞生出天象的偶然音乐《澳洲练习曲》。星罗棋布的单音、音块、和谐荡漾的涟漪——它们从虚无的不安中转换成乐谱。这些练习曲中，宇宙不由自主的抽搐也成为钢琴演奏者的颤抖。艺术继续着坠落。从宇宙那相对于仰望天空者的对称中，出现了正在消逝的人们，从那不可理解的虚空的呼啸中坍塌出一段音乐的不对称，一小块美和意义。

[87] 倘若真空仅偏离一个普朗克长度结块，骨头，偶然的、难以想象的灾难链就会在它最无足轻重的瞬间走上岔路，我也就避开了存在！

可谁有幸不被生出呢？百无其一：至少我从未见过。

一个安心的想法：40亿年前一个单细胞生物分裂，以此方式制造出一个继续分裂的细胞，它又制造出下一个继续分裂的细胞，如此延续了几十亿年，直到这样产生的一群绝望的细胞闯下滔天大祸，它们集结成群，通过发芽继续制造原始的多细胞生物。发明了有性生殖的藻类，由于畸变，有时生产出海绵，有时是黏滑的栉水母，有时是蠕虫般的其他生物，它们继续繁殖，生出鱼，鱼生出肺鱼，肺鱼的后代离开水，在干燥中尽情交欢，生出第一批陆地脊椎动物，它们生出爬行动物，爬行动物生出老鼠似的食虫动物，食虫动物的后代不知何时生出简鼻猴，简鼻猴的子孙生出你，骷髅头，也生出我，因此，我的存在要归咎于几十亿年来连绵不断的性行为链及其恶心的后果，它从未，一刻都没有，在这无数繁衍生息的世代里，中断。否则就不会有我。然而，我要结束它。在我这里，它找到了终点，死胡同，繁殖的破产。

在我这里，除了思想，什么都不繁殖。

写作。自恋的认知系统，
生育出纸上的划痕。

我为何如此精疲力竭？

[88] 巴黎，东站。

我坐火车去维也纳。

只为了你，骷髅。

帕斯卡说这是心的逻辑：

"心有它自己的、不为理性所知的理由。"

侏儒，你可曾读过叔本华？

在火车站厕所里腹泻。

里奥纳多·斐波那契，中世纪最伟大的数学家，终于用他1209年的著作《算经》（*Liber abbaci*），把西方从物质性思维解救出来，因为他通过介绍印度-阿拉伯的数字系统淘汰了算板和算石，并把数学提升入符号领域。然而，待到抽象的新义明技能在欧罗巴扎下根来，还要熬过不可说的昏暗的300年。是什么阻碍了思维的蓬勃？一个影响遍及天下的教派（天主教）的苦战，它像魔鬼一样怕着那直至彼时从未想过、从未听过的异端数字：0。

0

无的符号化

［89］ 尤纳在维也纳。

火车车窗映照着过去。

　　巧合。发生在我出生的大凶之日，骷髅头——1961年10月17日夜里，妈妈，在巴黎屠杀期间，当上百名和平游行的阿尔及利亚人被巴黎的警察像畜生般屠宰之时，妈妈不知如何逃离了协和广场，在苏法利诺地铁站哭叫着把我带到世上（抛出来，如爸爸所说）——也就在这一天，气象学家爱德华·罗伦兹在几千公里外的太平洋彼岸发现了混沌。（给自己讲自己的故事，让人心安；哪怕它荒诞，哪怕它像所有故事那样胡说八道。）这位科学家设计出一种预测天气的极简模型，一个电脑里的天气游戏系统，他，这个世界的主宰者，为之确定一种随机的天气情况，就可以让轰轰隆隆的电子管计算机通过连续迭代测算出未来。那一天，当罗伦兹茶歇回来，看向写着模拟结果、从吱嘎作响的打孔机中缓缓轧出的纸卡时，他毛骨悚然，他成了第一个证人，见证着在他眼前绽放的确定的

　　　　　　混沌。

　　火车厕所中腹泻。

　　（没有纸。）

[90] 最初我想，会过去的。我指的是：尤纳情欲的微醉，他的游戏，他的愚蠢插曲。因何而起？放纵和无聊。是的，我确定，我的玩伴男孩在他年轻、时髦的生命里，无聊了。他大概想投入某种惊险、某种不可测。某种肮脏。一次轻微的神经刺激，一滴对抗倦怠的毒药，仅此而已。这诱惑着他，当然。一个老女人。独居者。思考的女人。蜜糖妈。昆虫。鬼才知道！他也许把什么东西幻想到我身上！某种恋母情结。某种堕落。某种淫荡。我身上的荒芜！吸引了他？我想，会过去的。我指的也是：我的颤抖，我的跌跌撞撞。我究竟应该叫它什么？这种坍塌。这种除了他什么都想不了、什么都感觉不到的无能。这种与所有理所当然的决裂。一个蠢人踏入愚蠢的生命。一个平凡的庸人踏入更平庸的生命。却是：神圣的化身。完美。不疑不问。自己的生命早已不属于我。除掉了自己。突如其来。却没有解救，没有丝毫解救。必须脱离自己，毋宁是忍受自己。**一种折磨，骨头！我想，一切都会过去的。我们永远跨不过那道槛，永远不会进入嫉妒、痛苦和恼怒的无底之渊。不，我们挑逗彼此的生殖器、使之疲倦，是为了再忘掉。为了忘掉。但早已晚了。事与愿违，骷髅头。**

骷髅，你想象一个美好安宁的画面吧：一颗行星上，刮起电子管计算机的风暴。在一台皇家麦克比的线路和真空管之间诞生的地球及其天气。1961 年还要用打孔卡编程这样一台计算机！不是疯了吗？它一定占着罗伦兹的半间办公室。电脑每星期至少一次放弃才智。当时这位气象学家只需要 12 个方程：温度，压力，风速。

[91] 一个完美球体。被永不落的抽象太阳普照。一个无夜的世界。无云。无海。永无傍晚。永无冬天。永无人类涉足。永无爱。

理查德森之梦的实现。

1922 年，这位英国气象学家想象出一间宏伟的大厅，一座预言工厂，一种对世界的数学再现，其中装满 64000 个人算师，每人只测算一小块地球的天气，他要把相邻人算师的数值考虑在内，并把他自己得出的数值继续传递给邻人。

这样我们就能预言天气，理查德森写道，
比它的实际发生更快。
我们会——简言之——
挫败
一点
未来。

大胆的梦。

（被混沌挫败。）

［92］ *火车车窗映照着过去。*

不论你是否想听，骷髅头，无所谓。我还有我的教席。我在上升的枝杈。一切都按腐烂的计划进行着，人们通常称之为事业。如果你不了解，骨头：就是那个漫长的、吮空你的过程，直到你在那些臭味相投、装腔作势者虚伪的掌声中倒下，就像一块拧干的臭抹布！每个生命的中天。

它也就过去了。

你知道吗，骷髅头，

不知为何，我喜欢你。

[93] 爱情有种不可救药。脑子烧坏了。出自周日报纸上的杂谈栏目：一位园丁，50岁，从少年起就爱着一个女人。他崇拜她。更甚：他的皮肤和骨骼爱她到无法自拔。她坐了很久牢，现在放出来，急需钱支付辩护律师。她逼着男人签了份保险。高昂的保金却让这个多情的男人变穷了。他躺在路中，让情人开车轧过他的左腿。她在医院解释说，柜子砸到他。保险赔付了。可太少。他再次躺在路中，出于爱，让车轧过他的右腿、右臂。她在医院解释说，他从楼梯上跌下来。保险赔付了。可还是太少。女人让这个爱情的疯子和一个朋友进了森林。后者应该用链锯切掉他的腿。不明游戏真相的朋友拒绝了。于是园丁自己动手。他娴熟地从大腿开始，满足了情人的欲望。她在医院解释说，是伐树时的意外。保险真的赔付了。残废的唐璜却再也无法工作，现在整日整夜地躺在床上。他因此浪费了宝贵的钱。女人大怒。她大吼说，这个自私的园丁置她于不顾。最后她还是嫁给了他。在一个条件下。他同意，他们在上帝和政府面前举办了婚礼。这个有福之人又签了一份保险，从楼梯摔下去，摔断了脖子。于是她缅怀着亲爱的丈夫，幸福地生活着。

力比多是

意志的焦点。

［94］　正如佩索阿所写的雨天，空气是蒙尘的黄，
仿佛透过脏白看到的苍黄。空气的灰几乎无黄，可
这灰的白却有某种黄，在它的悲伤里。

这正是我在思考中寻找的图案。

[95]《洪水》。它是里奥纳多·达芬奇遗物中一幅天气灾难的素描。乌云在林木茂密的小山上空密聚，释放出毁灭性的滔滔大水，空气涡旋，水流从空中射下，立方形的石块翻滚坠落，把世界砸成废墟，骇波笼罩四野，直逼纸面边缘。

里奥纳多生命的最后几年，灾难性风暴是他最重要的主题。无数素描和手稿段落——为那永远写不完的绘画论文所做的基础研究——不知疲倦地围绕着洪水和暴雨。这个主题，或至少是，毁灭的根深蒂固的魅力，让里奥纳多着魔。

可此处不讨论消亡。这幅素描的双重性其实开显出混沌和秩序的交融：风的涡旋结构；卷曲的洪流不断重复的图案。

纸上缘一条冷静的笔记说到这种秩序的力量，它藏在云团之间：

"论雨。你会用不同的距离和明暗表现降雨的程度，让最晦暗的部分最靠近它扩张的中心。"

火车里的德语：

像刮玻璃的铁钉。

[96] 骷髅头，讲我自己，让我无聊，我无聊得要死。我理解你空洞的目光。（我也会这样凝视。）

我8岁，站在动物园里。身旁是玛格丽特。她9岁了，闻起来像棉花糖。我们站在青腹绿猴的笼子前，看着它在我们面前竖起的亮蓝色阴囊。我突然有种感觉，我经历过这个瞬间，就像现在这样，站在玛格丽特身边，轻轻晃动着脑袋，仔细观察旧世界猴的阳具。这时，一种阔大的宁静笼住了我。仿佛这夏日的午后亘古未变，仿佛我被囚入无限展延的刹那。终于，我转过头，看向玛格丽特的脸庞。它看起来很奇怪。我意识到。它分解了、扭曲了，就像由尖锐、锋利的碎片拼合而成，立体主义的画。我静静地想：世界碎了。但我仍然十分平静。玛格丽特的脸上反倒出现了最活跃的骚动。菱形，梯形，三角形，多边形。它们像快镜头下在玻璃窗上生长又崩落的霜。这张脸动荡不安。它调整着。我看到六角形的图样，看到嘴唇、眼睛、面颊上的菱形，它们又再次蜕变成复杂的形状。一切都显得无常。形态学的不安。我却辨识出不断重复的吸引子（Attraktoren），不断重复的结构。脸孔的场几何排列，它始终是碎片化的整体，就像万花筒中的景象。我相信，玛格丽特笑了，或者哭了。在我看来，这张脸就像地图。随后是剧烈的头痛。

[97] 哼，我放弃这可憎的激情，直接说出来吧，骨头。从现在起，我再也不夸夸其谈美和爱，把我自己表现得像个手持花束、穿着小丑服跑过雷区的白痴。阿门。

　　　　　　　　　　　　　　　　我越来越可笑。

那一天，骨头，我大概就停了下来，不再与其他灵长类动物谈论我对世界的感知。

尤纳在维也纳。

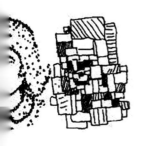

[98] 太古代，35亿多年前，生命的基本单位，第一批细胞，以原始古菌的形式出现了——怪异的嗜极生物，在充满敌意的环境中，在深海火山暗无天日的火山口，用升腾的气体给养，就像德尔菲隐晦预言的皮提亚。这时发生了一件奇特而美妙的事情：从前生命的分子汤里，从活跃的、无定形的粥糊中，DNA-蛋白质-聚合体，那微小的动态网，开始建构边缘。它们把自己与外界背景隔开，或更准确地说：它们在一种自发的排列过程中开天辟地地创造出内和外。它们建造出一个囊泡，一个避难所，一个自缚之地。皮肤的发明，如其他种种，同样是生命之始。膜，细胞壁——可以说：我之初。先是极薄的、只能被电荷撑开的水膜，很快，精致的分子脂质皮肤出现了，活的半渗透膜随后接踵而至，它调节着新陈代谢，调节着它们与如今的外在世界的对话。生命的建筑随界限的发明诞生。生命，是划界。是疏离。是从环境中的解放。

连脑也是一层皮。

拉普拉斯妖，是皮埃尔-西蒙·拉普拉斯侯爵在他1814年《关于概率的哲学随笔》中展开的惊心动魄的想象，其理论精神是自从牛顿《自然哲学的数学原理》以来横霸天下的机械宇宙观，若能让这个魔鬼知晓某一瞬间宇宙中所有粒子的位置及动量，他就一定会精确地计算出世界过去、现在、未来的整个过程。

17世纪的化学家罗伯特·波义尔说，宇宙是一座巨大的钟，一旦被上帝启动，就会坚定不移地在它的路上滴答运行下去，直至永恒。

［99］你认为我有日本人的眼睛吗，骷髅头？

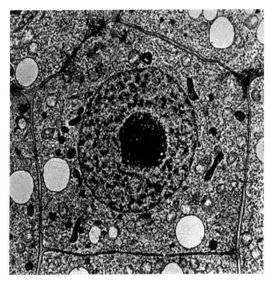

保罗·瓦雷里：人最深的，是皮肤。骨骼或骨髓或头脑，感觉，受苦，思考，走入深处所需的一切，都是皮肤的虚构。

[100]

三件大事：

我的出生

巴黎的屠杀

稳定世界的崩塌

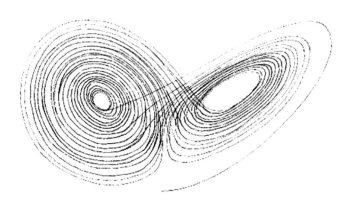

吸引子在相空间中沿着它无穷无尽的交错
轨道运行，从不重复或相交，甚至不会泄
漏它们下一个转换的方向。

［101］爱德华·罗伦兹是个数学的驱魔师。他为人
类一劳永逸地赶走魔鬼。他嘲笑可预测的稳定世
界。他砸碎宇宙的钟。

一场革命。

发生了什么？一个偶然。为缩短迟缓计算机的冗长程序，这
位气象学家必须中断他的模拟过程，因此该过程没有全部重
复，而是中途重新导入，他从输出端读出此前算出的数值并
将其代入。然后呢？模拟根本没有按照第一次进程如期发
生。反而先轻微偏离，随即谬以千里。它走了完全不同的新
路。模拟实验失控了。缺陷？比如计算机的电子管又破了？
模型编程错误？打孔卡插错？不。是宇宙，方寸大乱。这是
非线性动力学的秘密：一个新世界，无需爆炸。一丝气息，
一点色差，初始条件毫不起眼、万分之一的偏离，足矣，无
需更多。$0.506127 \approx 0.506$。也就是说，罗伦兹把他方程中代
入的数值微微化整，就足以颠倒乾坤。这就是卢克莱修早已
描写过的 Clinamen［微偏］，那微乎其微的偏差，中断了永
远平行落入虚空的原子雨。

［102］一只蝴蝶在巴西扇动翅膀，

能引起德克萨斯的风暴吗？

世界很敏感，骨头。

（就像我。）

决定一切的，是发情。

看他一眼，足以让我坠落。

我坠入理查德森的梦。

牛顿写："我能计算出天体的运行，却算不出人的疯狂。"

某些火车上的突发事件当然比我荒凉的想法更有趣。但我很坏，不会告诉你，骨头！

[103] 我同情人类。我同情，因为他们懂的太少。我甚至同情我自己，因为我懂的太少。可所有这些人懂的更少。(我知道，他们几乎想象不到。) 细胞堆。漂泊在他们一无所知的、无度无穷的宇宙里。由亿万个他们一无所知的粒子建成。奇妙错综的、他们一无所知的网络。你看看这些流浪汉，骷髅头。他啜一口小酒，就有了杰作。这里每一副污秽之躯都复杂得惊心动魄。地球上金钱、货物、资源的流动，人和愚蠢、信息和发情、能量、权力的流动，枢纽，结构，制度，层次，网络，革新，相比于人脑，一切都无聊得难以忍受。自然怎样恣肆挥霍，才引出思考！多么清醒的结局！每天早上重来。我在镜子里观察着自己想：可怜、可悲的生物。骨头。人是智力的漫画，却由它构成。

维也纳。我感到他在近旁。

我在颤抖，你看到了吗，骷髅头？

宾馆厕所，我撒尿般水泻。

［104］一再反复的春梦。我们在一个分辨率令人窒息的
（不论空间还是时间）地球系统模型里。我们的身体是
完全对称、平均的。（更像球体，可毕竟还是肉身。）行
为期间我们释放出二氧化碳。我可以极好地观察这个过
程。我们把动能转化为热量。我向天空望去，心醉神迷
地看着非参数化的积云。尤纳问我，我们在哪。我自信
地回答：二氧化碳（CO_2）之谷！高潮是气象事件。模
型的自由度爆炸。生化循环终止了部分运算。北极的气
温升高若干度。

我不敢关掉手机。

于是我现在把它写下来。很好。它必须出来。呕吐出
来。然后最终了结。（我再也受不了你的凝视了，骷髅头。你
藏不住你目光里的谴责！）已经几周了。~~它，也就是，我，~~
~~不。~~ ██████████████████████
████我不能。**去他妈的！该死！偏头痛开始**，一切都
断了。**天啊！你发疯了！来吧，尚塔尔，好吗？够**
了！所以已经几周了。我在这。在这座城市里。你
也听我说吗，混账的骨头？你听着吗？我在这。让
我们……

我渴望
他的
屁股。

我像整个自然一样一败涂地。

[105] 与日记相反。

它什么都不集聚。它

不益于振奋，安慰，

只

溶　　　　　　解。

左边的男人脸绿了。

罗兰·巴特论嫉妒的四重痛苦：

· 嫉妒本身的痛苦（我痛苦于，不被爱。）

· 自责的痛苦（我痛苦于，好斗。）

· 使另一个人遭受痛苦的痛苦（我痛苦于，疯狂）。

· 无法忍受的庸俗的痛苦（我痛苦于，平凡）。

写作的麻醉，终于。

[106] 理论物理是对美的追求。细腻的物理学家们希望，微观和宏观世界那纠缠、呼啸、无法概观的真实，是简单、优雅的定律之果。（藏匿其中的，无非只是那古老而诡诈的信仰余孽，神创造出一个最内在的清明宇宙，善、真和美必然同一不二。对世界公式、对万物之理的追求！倘若找到它呢？我们仍然什么也不理解。）

约 100 年前，俄国数学家亚历山大·弗里德曼和比利时物理学家乔治·勒梅特在研究广义相对论的场方程时，得出结论：按爱因斯坦公式成型的弯曲宇宙既不稳定也不持久。它反而一定会向四面八方逃散、爆裂，或肆无忌惮地向内坍塌。对于唯美主义者爱因斯坦，这个推论无异于辱骂。他认为，这是个确凿的证据，他的公式必定错了。爱因斯坦坚信，宇宙必然平静、永恒。世界的安稳不证自明。否则，人们怎能生活于其中，怎能用工具测量，它怎能借助数学和物理预测事物的走向？于是，爱因斯坦在他的方程中插入一项，它负责安定，它应该让世界成为一个稳固、永恒并因此而美的地方：宇宙常数。科学界接受了它，心满意足，如释重负。

"我一生中最大的愚蠢！"——爱因斯坦以后将会如此评价这一步，那是在埃德温·哈勃把当时地球上最强大的反射望远镜对准星空之后，他通过观测漩涡星云的运动证明了惊心动魄之事：宇宙在膨胀。它向所有方向逃逸着。它既不稳定也不持久，反而处于宇宙大爆炸的状态。至今仍在继续。是逃亡的运动，让我们得以诞生、持存。

爱因斯坦悄悄地从场方程中划掉了宇宙常数。

[107] **以弗所的赫拉克勒斯：**

最美的世界秩序就像一堆随机倒出来的垃圾。

Via Lactea。乳之路。古希腊人如此描述天穹上的苍白光带，却并不知晓，他们看到的是自己的故乡星系；然而，他们冥冥中直觉到宇宙暗潮汹涌的大戏，并将其创作出来。于是人们讲述着宙斯之子赫拉克勒斯的故事，他刚一出生，就猛烈地吸吮赫拉的乳房，她推开这个让她因嫉妒而憎恨的后代，在天空上喷射出一道神的乳汁。

138亿年前，大爆炸把能量转化为物质。它首先抛散开宇宙不可见的神秘力量，暗物质，其微小的密度涨落后来加剧、成团，于物之初的混沌喧嚣中凝结、碰撞、融合，在上亿年间缩聚为巨大的光晕，成为球状的暗物质堆，成为星云般的大气，氢气和氦气在其中浓缩，形成分娩出星辰的星系。我们的故乡星系也在这样的幽冥之茧中诞生，它有着无法想象的上百个秒差距的广度，有着一万亿颗太阳的质量。越来越多的气体和星辰集中在前星系的中心，它旋转得越来越快，不知何时轰然崩塌、坍缩成今天的形态：由密度波建构、有千亿颗恒星的螺旋盘。

[108] 我们的太阳几乎诞生在这巨大涡旋的沸腾的中心。它在持续了46亿年之久的奥德赛中，从那里——围绕银河中心的黑洞旋转——流浪得越来越远，直至星系外缘，横穿耀眼的螺旋臂，飘过星际雾的昏冥，因巨恒星死亡的壮观景象黯然神伤。太初仅由气体和尘埃构成的黑云，只是刚刚超过绝对零度的宇宙寒雾。若非发生了一场后患无穷的灾难，本也定然会继续如此。在银河这喧嚣的恒星育婴室里，紧挨着我们太阳系的原始星云，一颗正在死去的恒星，爆炸了，这枚热核弹有着整个星系的光强。前太阳系星云被放射性尘埃污染，被强烈的骇波震荡，在巨大的压力下缩聚，竟触发了我们太阳系戏剧化的出世：气体与尘埃的冲撞、胶合，不可逆的过程。前恒星星云在自身质量下坍塌。它自旋起来，越来越快，一个有着球状核心的转盘，比我们今天的星辰庞大上百万倍。它把一切都吸入自身，同时继续不断地收缩，升高着压力、温度、转速。沸腾的、上百万度的宇宙巫婆厨房。它发生了。炼金术成功。一个重氢原子的核与一个质子相撞。它们融合成氦-3。第一次核聚变。

[109] 能量的无度爆发。太阳燃着了。简单说：它开始发光。也险些在自身的力量下四分五裂。一台离心机。就像花样滑冰的舞者在旋转动作中收回手臂。它越来越快。离心力也越来越大。然而，旋转的气球发展出一种对抗力量，一个无比强劲的磁场，它把正在崩毁的大块气体驱入两极，像熊熊燃烧的喷气机一样射入星际空间，宏伟的光泉在黑暗中耸起，带走了部分角动量。崩塌被遏制。第二次更复杂的燃烧启动了。周遭的幽幽黑雾亮了起来。太阳开始发光。

我们是宇宙中的尘埃。我们本质上是放射性的造物。什么是太阳？恒星核电站。简单说：它把氢融成氦，为了在苍穹孤身，它照耀着。恒星把物质转化为能量。然而，它自噬其身，很热。它融裹着越来越重的元素。释放着越来越多的能量，恒星把越热中合成的氢聚变为碳和氧。又以之融合出镁、钠、氖，越重，越来越热。然后是：硅和硫。然后是：最终的铁。当恒星开始聚变出铁，它就无法挽回地输了。从最初一时辰起，重力与之抗衡。铁的聚变却不再释放能量。相反：它吸收。太它就死在抗拒着的收缩。它险些被能量的释放撕碎，唯有以自身的阳的最外层势不可挡地向内坍缩，终将在一次大爆炸中分崩离析。生命诞生于恒星之死。我们身体的重元素，细胞里的碳，骨骼里的钙，我们呼吸的氧，血液里的铁——它们在恒星内的核反应中合成，再被抛入幽暗的太空。

[110] *深夜，雨。*

我怕，骷髅头。

他幻想。他开始联络死者。他与福楼拜和他的哥哥说话。他写信给教皇里奥十三世，建议他修造奢华冢，坟间应有时冷时热的暗河流过，水将清洗、保存尸体。人们听到他叫嚷：上帝，你是诸神中最残忍的一位，我禁止你说话！你就是一个蠢货！只有魔鬼永恒。他提醒一个朋友：你快走开，我马上就不再是我了。2 月 18 日，莫泊桑郑重宣布：莫泊桑死了。

终于入睡

[111] **维也纳。西博尔德-遗物。第 1 天，民族博物馆。**

展品共 5197 件——海因里希·冯·西博尔德 1889 年 4 月对新成立的自然历史博物馆的捐赠。其中有来自中国的青铜器、来自北海道的阿伊努人物品、琉球岛的物品（115 件）、史前物品、日本的武器和装备、服饰（丝绸）、手工艺品、工具、绘画、礼器、日式装订印刷品。

你毫无踪迹，骷髅头！

　　海因里希·冯·西博尔德。武士装扮的愚蠢照片；无疑是我最好的发现（晚年拍的）。看来，"亨利骑士"终生都在他那位著名父亲的阴影之下。（这几乎触动了我。）他是奥匈帝国驻东京领馆的职员（一级文员），此后再未高升。他无依无靠。在维也纳和东京之间。（他与家乡莱茵兰-普法尔茨还有关系吗？）后来还去了上海，最后，至少在南蒂罗尔的博岑得到一座宫殿（弗洛伊登斯坦），被他的大量藏品包围，没写出来自传，与一位英国寡妇（尤菲米亚·卡朋特）共同度过最后几年。（这是他的第二位妻子。1873 年，他在日本娶过一位日本古董商的女儿；当时是一桩轰动的丑闻。）康登霍维-凯勒奇伯爵说他的朋友冯·西博尔德："他是个有收藏癖的古玩商，管不住自己爱当导游和讲解员的冲动，对所有人都殷勤相助，从来都不能明智地控制这种热情。"

[112] 这会是你的发现者吗，骷髅头？这就是我们在寻找的英雄？测试题：什么是他妈的贝冢？你知道吗，骨头？或许你曾亲自弄过一堆。或者你最终就是？贝壳堆。毋宁说：史前的垃圾站。石器时代沿海居民的粪堆。人们因此知道他、尊敬他：垃圾堆的考古学家。相反，骷髅头，你却从未被提及。没有你的蛛丝马迹。没有一个词说到你的美。怎么会？他傻吗？瞎？还是他怕？怕成功？怕名誉？怕重要？怕什么？

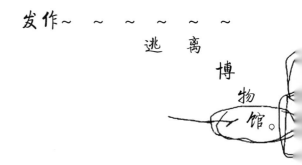

发作～ ～ ～ ～ ～ ～

逃 离

博 物 馆。

[113] 就像利奥波德城老房子那垮掉的建筑结构，像它被雨水腐蚀的墙基，被蛀虫啃噬了大概几十年的房梁——虫食太多，**我的避难**所于是轰然坍倒，或是我自己，**在尤纳锈迹斑斑的沐浴室里，那窄仄的小房间——**之前还稳固地附着在滑墙上——一定有好多年了，猛地塌陷，**玻璃脱落，向我砸来，砰的一声迸裂成上千小块，**尤纳正摆弄他的相机，大惊中他不知所措，只能按下快门，**我站在那，在碎片的海里，裸着，湿透，流血，大睁着眼睛——**那脆弱、受伤的画面，此后我再也抹不掉。

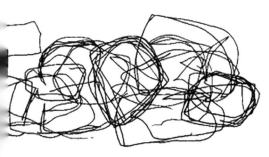

爱情竟如此毁了我？

已经几个星期了。我来到维也纳，想让尤纳惊喜，在他的艺术展开幕式上。我站着，捧着我的花束，惘然若失，就像个患癌症的阿姨。他没有注意到我。一个年轻的女人把手臂环在他的腰上，给了他一个吻。他化了。他的目光，看着她。没有恐惧，那种他凝视我时眼中总有的恐惧。

这一刻我消失了。

[114] 我站在尤纳斯的房子前。

他在城里吗？他回家吗？

他向窗外看吗？那个年轻的女人在他身边吗？

我能知道什么？我应该做什么？

我可以希望什么？人是什么？

不，我不会按门铃。或者会的。

　　　我会在这里等。

　　　　　*我会盯着看这堵墙，看铜锈，看剥落的
绿色。看降下的百叶窗，看那张引用了
罗莎·卢森堡的旧海报：
谁不动，就感受不到镣铐。*

　　　　　我不动。

有一次，在这里，他扔给我一本普鲁斯特。

（《斯万之恋》）

　　　　　或许我会按门铃。

神经科学知识表明，决定过程发生在基底核内，也就是
大脑最古老的部分，其接通完全脱离意识。我们自认为
是意志的东西，无非是事后讲述我们动机的故事。

　　　　　　　没有决断的我。

　　　我不会按门铃。

［115］有一次，在这里，我赤脚站在雪中。

我冷。

尤纳斯没来。（几个小时了。）

我等。

我等。

我等。

一条饥渴难耐的狗蹭着我的膝盖。

一切都可笑。

最聪明的脑努力了上百年，却仍旧没有意识的生理学说，无法解释，物质、能量或场的无智，怎会是、或怎会引发意识体验。骷髅头，这让我悲伤。

感觉，是什么？

我没按门铃。

[116] **维亚纳**。西博尔德–遗物。第2天，应用艺术博物馆。西博尔德曾是这里的记者（当时：艺术与工业博物馆）。展品有1077件，按时间顺序整理的8世纪以来的日本硬币、文书、石器、史前发现的照片和素描，各种日本手工艺术品。你还是毫无踪迹，骨头。然而，毕竟提到了高祖母。在一封1874年5月27日寄给维也纳（"伊丽莎白女王酒店"）朋友的信里。说的是一位"患痨病的、苍白的法国女人"。西博尔德有时称她为"布兰查德女士"，有时则是"不幸的女伴"。

［117］**Kobutzu-Kai**［**古物会**］。这是位老了的档案管理员。（她只在星期二下午工作，如她所说，免得生锈。所以，我遇见她，是个偶然。）她那么干枯，让我想起孤独的乔治。（也许他们会配上对。）我甚至忍受了她的喋喋不休。她曾经，一定是100多年前了，编目过西博尔德的遗物。于是我提到你，玉泉洞的孩子，老人就再也拦不住了。"海因里希，他被研究得很糟糕！人们知道他的爸爸穿什么内裤，了解他哥哥的风流韵事。可海因里希！"（她把第一个音节里的ai拖得无限长。）"他几乎就是张白纸！"然后她给我讲了"Kobutzu-Kai"，古物会，在东京，西博尔德曾是会员。让你耳熟吗，骷髅头？你会湮埋在那些档案里，落满灰尘？"你知道什么，仁慈的女士？你知道什么？"

于是我动身前往日本，骨头。否则呢？

当然荒诞。

火车及渡轮票：

维也纳-莫斯科-海参崴-境港市

墨菲定律：

可能错的，就会错。

3

[118] 悬着我们地球的线，有多细？

1972 年 12 月 7 日，当美国宇航员哈里森·哈根·施密特登上阿波罗 17 号火箭、在 45000 千米的高空按下相机快门时，发生了出人意料的空前反转。上百万年习以为常从地球仰望天空的人类视觉，随着一次快门机械的咔嚓声，乾坤颠倒。这是目光的哥白尼革命。人类首次从太空眺望到他们生活的天体全貌。对于地球居民的情感预算，呈现出的画面有着忧郁的象征力量和效果。这颗行星如同飘荡的车子，美到极致，也脆弱得让人心忧。宇航员们后来报告说："地球在我们下方展开。可它看起来多么不堪一击！"

在这画面上，技术的登峰造极和对它单薄生态基础的觉知彼此交锋。宇航的奇迹，超越的原始梦想，摄影术历久弥新的实证壮举，与绝对威胁的背景噪声虚实叠映。或许正是这崇高与脆弱间的极致张力，让这名为《蓝色玛瑙》的画面成为 20 世纪的圣像。

至少典型的是，照片被处理过。原始影像中，地球仿佛颠倒了——这符合宇航员的角度：非洲的尖角 [119] 和南极在画面上缘。当时谨小慎微的责编一定是担心，如此倒置的星球会对人的视觉想象空间产生太过错乱的影响，所以他遵从凡尘的视觉习惯，把画面驯化、旋转了180度。这无济于事。

此前约10年，美国国家航天局设定的目标是，寻找 *silentium universi*［宇宙静寂］之谜的蛛丝马迹，也就是那纵使穷尽物力探索数年，却似乎仍未提供任何地外生命征兆的沉默太空。（艾萨克·阿西莫夫曾在一则狂想笑话中写过，有两种可能：在这无垠的宇宙里，我们或者是孤零零的，因此无人观察我们，或者有人。哪种可能更恐怖？）备受媒体关注的昂贵任务会在火星地表搜寻生命形态。不同学科的领军科学家为此会聚一堂，他们首先讨论计划，应如何在那布满氧化铁尘埃的锈红色星球上证明有机物的存在或不在。地球化学家詹姆斯·洛夫洛克亦在其中，他却用插在腰间的双臂和如炬的目光给所有提议浇上冷水。（人们想在火星荒凉的大地上安排一些精心构造的装置，让其发明者沮丧的是，他一点也不喜欢这些可爱的跳蚤收集器。）航天局气恼地要求这位怀疑主义者提交一套更令人信服的方案。洛夫洛克随后展示的思想将彻底改变我们对地球及其机制的想象。

任何生命都避不开的特征是什么？洛夫洛克如此提问并回答说：代谢。每种生物都要［120］与其环境相互作用，不停地与之交换，其结束就是死亡。大气是生命的物质和能量源泉，也是它释放排泄物的厕所。比如说，人每次吸气纳入氧，每次呼气则排出细胞呼吸的废物二氧化碳。化学物质的交换连续不断。

先见之明的地球化学家洛夫洛克从地球上通过光谱分析研究了火星的大气成分——为此无需价值数十亿的航空任务。结果：它是平衡的。换句话说：它是——从化学角度看——死的。无物在其中反应。没有能量在循环。所以洛夫洛克推断，这颗星球上不会存在生命。（明显扫兴的航天局决定，干脆无视洛夫洛克的分析。那个现已废弃的任务已经捆绑了太多金钱、太多虚荣，他们无法擅自取消这项为人类服务的事业。）地球的大气状况如何？洛夫洛克清楚地认识到，它与火星大气截然相反，绝非化学平衡状态。其中的一切都在不停地转化、运行。化学反应绵绵不绝。氧化性和还原性的气体以高度活跃的混合物形式存在着。简言之：地球大气极为特殊。虽然轰轰烈烈的反应持续不断——它极为不可能的构成却几乎始终恒定。不可思议的状况。的确是个惊人的过程，它魔法般同比例地释放出反应中消失的气体。一句话，这就是生命。

Etz chayim［地球的生命之树］，在过去几乎40亿年中从未间断过一毫秒。否则，就不会有任何活的［121］生物存在于地球。洛夫洛克问，对生命友善的、可栖居的地球怎会在如此漫长的地质时期之后仍能保持这无可匹敌的不可能性？例如，氧气含量怎会亘古以来就稳定在唯其如此才宜于

生命的狭窄界限内？只要低几个百分点，呼吸空气的生物就再也无法存活，多几个点，尘世的生态系统就会太容易燃着，很快毁于火灾。洛夫洛克继续追问，为什么温度恒定在如此严格的、有利于生命的范围？比如，一个著名的古老气象学之谜是说，在太阳的热辐射远远少于今天的早期阶段，地球为何没有完全冰封？为什么过了几十亿年水仍未冻结？它怎会始终流动，并因此让生命的诞生成为可能、继而使之稳定持存？我们为何在此？地球本该是个大雪球，在严寒更甚的万有之中的白色球体。然而——在太古代——这并未发生。为什么？这是气象研究中最美的一个问题。它名字婉转，绝非偶然：暗淡太阳的悖论。在此关联下，另一个同样让人不安的问题浮现出来：倘若40亿年前，虽然太阳辐射微弱，地球却温暖得足以让水流动、让生命成为可能，那么，当太阳的能量不断增强，它又怎能在几十亿年间保持温度恒定？这颗行星为什么没有早已在所有生命都无法承受的炎热中干涸、枯萎？地球怎会不是亘古大荒？

洛夫洛克的学说被奉为20世纪最富开创性的理论。它被命名为古希腊［122］的大地女神，那养育着所有生命的盖娅。这革命性的理念优雅而扣人心弦。它认为，地表和大气——我们此前仅视之为被动的地质外部，只将其想象成环境，星球上发生的所有事件一直都取决于它的力量，而它之所以能准备好那些让生命演化得以可能的条件，根本就是难以置信的偶然，此外他认为，那种不断折磨生命、迫使之适应已有条件的环境——也就是那冥顽的、主宰万物的周遭，本应属于生命过程本身。洛夫洛克的假说认为，地球作为整体、作为有生命和无生命的元素之间复杂反馈的总合，就像一个超级有机体，一种自我调节、维持自身存活条件的生物。相反，倘若地球没有生命，大气的所有元素就会彼此反应，直至最终达到化学平衡的状态。地球就会炎热、干燥、无法生存——一如火星。

完全可以说它是思想史上的颠覆。它告别了此前贯穿着西方历史的观念，消弭了在有灵魂与无灵魂的自然、生命与死物之间那道深入人心的鸿沟。依照洛夫洛克的思想，这围绕太阳游荡的蓝色椭球其实是一个交织得极其紧密的系统，其中植物、微生物、动物、大气、岩石和海洋环环相扣、息息相关，与其说生命在适应环境，毋宁是环境顺从着生命。

地母盖娅是庞大、自持的有机体？这听起来不是太像愚蠢的唯灵论、可疑的附会、生机之力或是陈腐上帝的拙劣作品？[123]假说激发了专业人士的刻薄。科学的当权派群起而攻。

洛夫洛克的答复再一次傲慢而优雅。他设计了一个简单的计算机模型。名叫：雏菊世界（Daisyworld）。它会以控制论的手段杀绝任何潜在的生机主义的痕迹。数学模型的星球是盖娅的极简版。一个小巧的盖娅娃娃。雏菊世界中只存在两种生命形式：黑白雏菊，它们的虚拟种子被有序地撒遍全球。一如它们的原型，雏菊只能在特定的气候前提下生长：亦即适宜生命的狭窄温度范围。一如地球，雏菊世界也被一个辐射强度连续增加的太阳温暖着。演化也被设置在模型中——简化至极。太阳的热量被黑雏菊吸收，被白雏菊反射。两个物种的最小组合已能让自然选择在模型中生效。

洛夫洛克问，太阳越来越强，雏菊世界的温度还会稳定吗？结果惊人。模型星球的温度起初急剧升高。然而，刚刚达到容许第一批雏菊生长起来的阈值，气候就稳定下来。是魔法吗？正常吗？赤道附近最先长出一圈黑雏菊，它们吸热，因此更适应寒冷的气候。随着缓和的升温，黑雏菊群落开始移向两极冰冠，而通过反射降温的白雏菊渐渐变成了赤道地区的典型景象。在虚拟的亿万年间，雏菊世界的太阳辐射越强，[124] 白雏菊就扩散得越成功，星球就冷却得越快。一个个阶段过去了，气候平稳如初，直至最后太过猛烈的热辐射阶段才恶化失控。衰老的雏菊世界热起来，生命消失了。（"告诉我，花在哪？"这些年，人们听到晶体管收音机里隆隆作响。）对盖娅理论的批评沉寂了。

基于最简单的规则，系统就能成功地通过反馈以复杂的方式自我调节。没有任何凌驾其上的方案，没有中心，没有神或生机主义的原则。唯一的基础，是清晰、美妙的数学。

　　黯淡太阳悖论现在也可以用另一种方式去看。在唤醒的盖娅热中，研究者们搜索着种种迹象、证据和自动控制的回路。人们提出假说。改进模型。侦探推理式的冒险。没有谋杀。是生命，诞生了。

　　年轻的地球上发生过什么？我们今天能给出的合理答案——10余年深入研究的结果，是下面这个惊心动魄的故事：太古代早期，约40亿年前，强效的温室气体二氧化碳温暖着年轻的地球、维持着水的流动。然而出现了一种特殊的东西。它躁动不安、出乎意料、几乎不可能更加复杂：生命。当第一批古菌出现在星球上，大气层的构成就变了。因为这些原始生物消耗氢气，当然，还有二氧化碳，它的浓度随后急剧下降。请记住：这些渺小的、只有千分之一毫米大的精微生物可以掀翻覆盖在直径12700多千米的岩石星球上方的大气。[125]地球又冷了下来？才没有。原因在于那些马上就会帮上大忙的星球新生儿、投机野心家，所谓的产甲烷菌。这些此后将居住在海洋中的单细胞微生物排放出高效的温室气体甲烷。甲烷制造者只能在无氧条件下存活。今天它们已经十分罕见，只在牛胃里，在黑海最幽暗的区域，或是藏在稻田的水下淤泥中。在太古代，火山活跃，大气无氧，它们找到了天堂。这些微生物的粪便让生命得以持存。它们的排泄物维系了地球的温暖。

　　产甲烷菌嗜热。随温度升高，它们开始活跃增殖。人类在春天大概体验相似。微生物数量的增加导致甲烷浓度升高，继而是温室燃着。简言之：热度加剧！产甲烷菌感恩戴德，更迅速地扩增。一场如火如荼的反馈。越来越暖。甲烷达到它今天浓度的600倍。生命再次遇险。它危在旦夕，很可能在熊熊的火炉中蒸发消失。可应对自如的地球系统早已备好答案。它是化学性情。从某一大气浓度起，甲烷就粗暴地改变了它对阳光的态度。是相变化。它开始结合成长长的烃链。后者又凝结在高空的尘埃颗粒上，形成一层有机烟雾。地球不再如初。它不再是蓝色的星球。橘红的面纱笼罩着它，就像土星的月亮提坦。爱上自己的盖娅羞红了大气。

烟雾如同巨大的保护伞，挡住倾泻而来的阳光，把它悉数反射回去。[126]于是地球重新形成循环。加温的甲烷越多，冷却的烟雾也就越多！结果温度又降下来。产甲烷菌的数量减少，它们神圣的排泄物甲烷亦随之减少。玫瑰红的烃雾消失了。地球重归蔚蓝，跃跃欲试着新的炎热和新的粉色冒险。物理学告诉我们，系统趋向于平衡状态。生命首场证明自己的尝试也在惊险的平衡中结束。气候稳定下来——在灼烫的地狱和永恒冰冻之间。

于是您感到安心。您感到自己被大地母亲滋养、承载。您感到自己与生命之网相系相连、被盖娅的伟大统一涂抹着渗透着。不，我请求您，千万别这样。我将迫切地劝说您打消这疯狂的想法。或许，是我把您恍惚摇入错误的自信。谁知道呢，甚或，是我刻意把您引入歧途。再次请您原谅。

深呼吸。这对您有好处。

氧——如我们今日所见——是生命。我们星球上的每种动物，甚至每种植物，都需要这种活性气体去劫夺周遭的能量。没有这灵丹妙药，生命就会是一种迟钝的、冷漠不堪的现象，对任何复杂结构都太萎靡，对任何积极行动都太无力。生命就会在无意识、无动力的单细胞分裂的无聊过程里停滞下来。而更迷人的是，古生代最初的大气中，也就是那个诞生出生命的世界，恰恰缺少一种东西：氧。原始大气仿佛通过劲猛的火山孔隙从地幔中喷射而出，它是无氧的，由水蒸气、二氧化碳、氮、氢、甲烷和氨构成。[127]地狱般的鸡尾酒！最初的大气 ——按今天的标准来看——对生命百害而无一益。在40亿年前那个产生了吃喝拉撒和繁殖的气泡里，今天的生物一分钟都活不下去。

地球历史以咄咄逼人的坦率表明，生命绝非一场安逸和谐、始终关注其内部平衡的雏菊游戏。相反，它残酷，却同时对残酷一无所知。它是一系列疮痍满目的灾变。它是赌盘上的孤注一掷，是演化的试验田，相形之下，暴虐的动物试验室也显得心慈手软。生命有一种与生俱来的倾向：销毁自己。曾存在过的所有物种，99%已消亡殆尽，特别是在全球性的灾难里，而这些灾难以其讽刺性的打击一次次为生命的演化提供着新的转折。没有这些生态的集体屠杀，就没有我们。创造与毁灭握手言和。

除了盖娅，还有另一个关于生命本质的理论。它至少同等波澜壮阔，却对戏剧性的高潮有着不可比拟的重大意义。人们称之为美狄亚假说，取自阿尔戈英雄伊阿宋的妻子。美狄亚是杀死自己孩子的女人。

今天大气中的氧是生命自身的产物。那是一次不起眼的突变。一场可笑的意外。几乎无足挂齿。在浩瀚大洋的某个偏远角落，在某个平方毫米其貌不扬的海泡石中，带着原始浓汤的风味，它发生了。畸胎。一个大胆的微生物分裂了，就这样把病态的怪物带到世上。第一个蓝菌。这妖精有种阴险但革命性的特长。在太阳辐射的作用下，它从周遭［128］海洋中离解出氢离子，以此获取能量，出乎意料的、此前从未达到的大宗能量。这种新陈代谢的副产物是——您已预感到——自由的氧。生命发明了造氧的光合作用。一个自然的粗野玩笑。一次无法守旧的断裂。也就是从此起，太阳被打开，成了取之不竭的能量源泉。然而对于星球上的其他生命而言，这种高度活跃的物质凶相毕露，氧是它们毁灭性的祸患：是残忍的、分解性的毒气。人们称之为大氧化，那场始于24亿年前的灾害事件引发了规模空前的集体死亡，地球上几乎所有生命都毁于一旦，由一个叛变微生物造成的腐败和窒息无情地把它们交给了残忍的死亡。这是美狄亚！弑子的谋杀犯！蔑视雏菊者！只有极小部分唯恐天下不乱者熬过了这场生命的逃难记。唯独那些偶然适应了新环境的生物活了下来。旧日的代谢制度被推翻，永劫不复。

可不止如此。美狄亚舔起了血。仿佛造成的破坏还不够多，大气中的氧又与温室气体甲烷发生了反应——我们已强调过，虽然太阳黯淡，甲烷还是让地球温暖了10亿年。接下来情势陡转直下。盖娅悲惨地失灵了。甲烷氧化成二氧化碳和水。温度骤降。大洋冻住。休伦冰期降临，整个星球很快就被葬在数千米深的冰层下。这是雪球地球时期。因为飘荡在太空中的地球此后就是这样一大团冻冰。仅仅是一个突变的生物，仅仅是一个成功的妖怪，地球的整个生态系统就功亏一篑，[129] 生命的游戏崩毁了。这是地球史上由美狄亚引爆的第一场全球性气候灾难。它持续了亿万年之久。生命——被逼退到洋底那些因地热而仍有流水的荒僻、昏黑的生态龛里——差一点就被赶尽杀绝。

深呼吸！享用一点芬芳的氧吧。这对您有好处。

是碳循环，最终把漂泊的冰块从冰期中重新解救出来。火山把二氧化碳喷入大气，重新运行起温室。冰化了。感谢

盖娅！大地母亲终于变成了史无前例的人间天堂？随后终将
是生命的大获全胜？您猜到了。接下来的，是星球昏暗的中
世纪。人们称之为荒凉的 10 亿年，一段几乎占据了目前地
球历史四分之一的停滞期。我们必须不动情地承认，盖娅处
于一种极为痛苦且旷日持久的抑郁之中。大气里的氧又开始
兴妖作怪。这次它在陆上启动了风化过程，把硫冲入海，再
度养活了一批快乐的细菌，它们继而把恶心的粪便灌满大
洋，使之陡然恶化：用腐败的硫化氢。世界海洋，这无法掩
饰，在 10 余亿年的地球历史中，只是臭不可闻的毒汤，在
其悲惨的缺氧停滞期中苟延残喘。

这种环境就是复杂生命的摇篮。我们起源于恶臭的烂
泥。第一批线粒体，那复杂真核细胞的发电机，就形成于
此。这污腐之水引动了自然的绚烂。多细胞生物从中出现。
更甚者：毒汤发吐的生命居然能呼吸［130］上个世代的毒
气氧，并以这种不可思议的方式推动新陈代谢。演化的突
破！没有这纵身一跃，生命永远都不会脱离它被动、呆滞的
阶段，复杂的形式永远也不会出现。能量的推动。优势代谢
的胜利。其他生物的集体大墓。

地球无氧的停滞期就这样突破了。有理由为此庆祝。如
今——终于，终于！有人会欢呼——生命要开始壮大、要淋
漓尽致地绽放。是吗？果真如此？相反。弑子的美狄亚又杀回

战场，重新投入到她的地球生化战争中。可慈母盖娅去了哪？她可是满怀善意地对待生命，不是吗？随着7亿年前多细胞植物的诞生，大气中的氧起先翻倍。这一次，有着两副面孔的气体开显了它的庇护作用。对流层中的臭氧至今仍阻挡着对所有生命都致死的紫外辐射，因此星球上的生物才有可能直面阳光。夏日海滩上，我们只能觉察到这腐蚀性辐射的微量残余：致癌的晒伤。倘若无氧，地球就会像火星一样寸草不生。

没有火星的炎热，地球反倒重新落入冰天雪地的时期。光合作用——众所周知以二氧化碳为食——陆地植物的诞生，大陆的郁郁葱葱，简言之：冷笑着的生命，抽走了大气中保暖的温室气体。可耻的盖娅。她的失误令人发指。温度骤降。气候恶化。上亿年之久。地球再次成为漂泊在太空中的麻木冰块。生命大规模地自取灭亡。太冷了。

[131] 存在，为什么？

我真的坐上了火车。

去华沙？明斯克？莫斯科？

下雨了。

"他是天气预报员。天气一直都不会好，他说。
将有更多痛苦，更多绝望。不论何处，没有丝
毫改变的迹象。时间的痼疾吞噬了我们。我们
的主角，曾经或正在，自毁。主角不是时间，
而是永恒。我们必须，一步步地，正步，迈向
毁灭之牢。逃不掉的。天气未变。"

亨利·米勒的几行字，我如晚祷般说出。

甚至畏神的同行者也赞许地对我点了点头，

她脖子上挂着死去的救世主。

我来找你了，玉泉洞的孩子。

慢慢／当火车
前行／慢慢／我有了
这种感觉／当火车
前行／我有了这种感觉／
我到达／某处／
很舒服。

[132] 颇让人欣慰的是，有物质在，不知何时
起它开始结合出复杂的结构，最后竟可以思考
自己，理解自己的有限性。

我总是感觉雨格外亲近。不只因为素来让我着迷的神秘
的云。更是由于降雨对复杂构造的影响，不论是对人的
情绪还是对石头的影响。爱上太阳，稀疏平常。它明
亮，它温暖。反之，雨有两副面孔。它从天而降，触机
即发。它开动了纷乱的回忆，不仅仅唤来充满悬念的错
综局面。雨联结起碳循环、水循环、感情循环，等等。

照片是我用宝丽来相机拍的，你曾把它送给
我，尤纳，在里斯本。

你还记得吗？

[133] 我们有一处正对塔霍河的房子。旋梯通向屋顶，直入我们的爱巢，布谷鸟在里面下了蛋。

400万年前，当一群灵长动物在东非草原上站立起来，就开始了后果严重的发展：臀和脑的共同演化。是的，没有对方，二者都不会膨胀。双重保证。（我的毁灭！）屁股是深渊，是激励精神的秘密。这陈腐身体上的隆起，在它的颤抖和摇摆之后会藏有什么？那道深沟，crena ani［臀裂］，是穴口。想象力的开始。唯有人，拥有如此浮夸的臀，两个半球，这无毛的敏感身体上完美的拱形，诱饵，陷阱。连被毛的母猴也会在发情期用红肿的屁股引诱目光。尤纳，漂亮臀部的阿多尼斯，美尻神，你苍白精瘦的屁股和浅色的绒毛……

原始嘴巴和新嘴巴。在动物分类学中，人属于那类古怪的生物，胚胎发育时，在仍是泡状的身体表面首先内卷后，最先形成的不是嘴巴，而是肛门。

下面的问题让达尔文绞尽脑汁：不论从哪个角度看，总存在着某些对生存竞争毫无用处的解剖学特征。它们为何在？自然选择难道不是有用性这唯一的机制？不仅如此。繁殖最成功的生物，当然是最适者，但同时，还有那些最美的！达尔文之谜的答案是性的成功。自然选择，是最成功的繁殖。最适者生存，且最性感者生存！

没有安定。

没有β受体阻断剂。没有抗抑郁药。（她总是嘲笑我。我丢了！）

弗兰索瓦丝（她是拉康主义者）写信给我说，我仅仅把爱理解为幻想对性的神化，这种观点庸俗得让她震惊。（她总是嘲笑我。我却不讨厌她。）弗兰索瓦丝说，性不结合，它分离。弗兰索瓦丝说，性行为，"是两个人的自慰"。

[134] 拉康强调过，没有性关系。（矛盾修饰，
就像黑牛奶。）她对我解释说，恰非如我简断：
性关系把自己伪装成爱。反倒是，爱取代了
性，踏入它的空：一场坠落。

> 我在火车厕所里哭了。一切都在抽搐。
> 有人敲门，敲门。不知何时，
> 停了————

你去哪，尚塔尔？

我又想起埃德加·爱伦·坡的短篇小说。《坠入大漩
涡》。冲绳的海岸也有吗，骨头？汹涌的挪威洋流——
开放、动态的非平衡系统，耗散结构。层流在月亮的引
力下变成涡流。我们参与了自发秩序的诞生：

[135]"老人说话时，我注意到一种越来越强的轰鸣声，就像美洲草原上一大群水牛的悲哞；就在这一刹那，我也意识到，水手们所谓的激荡之海在我们脚下变成了东流的大河。我眼睁睁看着水速加快到势不可挡。每一刻它都更加湍急汹涌。5分钟后，直到伏尔格岛的整个海面都已经被搅得骇浪滔天；可力量最强劲处是在摩斯克岛和海岸之间。被推逼入上千条相搏水道的汹汹大海，突然在此处爆发出诡谲的痉挛，在无数股大起大落、嘶嘶作响的涡流中向东旋转而去，其速度之快堪比从天而降的瀑布。

几分钟后，景象再次彻底改变。海面稍稍平静下来，漩涡一个个消失，阴森森的大块泡沫凭空浮现。它们扩张到远处，又相融合为一，开始在已减弱的涡流模式中回旋转动，似乎借此构造着更大漩涡的萌芽。突然——极其突然地——它已经清清楚楚，一个直径超过一海里的大圆圈赫然在目。旋涡被耀眼的泡沫镶上宽边；但没有一点泡沫滑入这可怕漏斗的深渊，它目力所及的内部是光滑闪亮的黑色水壁，与海平面呈45度斜角，来来回回打旋的大水在震荡得让人眩晕的轨道中疾驰，毛骨悚然地向风中嘶吼，半是尖叫，半是呼啸，连死前挣扎的尼亚加拉大瀑布也从未如此惊天动地。"

[136] 在爱伦·坡的故事里，叙事者随船坠入大漩涡（如我坠入爱）。濒死，却突然大自在，他有了"探索其深处的愿望"。

漩涡把什么结构卷入深渊？

什么结构向他滑（舞）来？

什么注定毁灭？

什么在湍流中幸存？

叙事者把自己捆在一个桶上（圆筒状物），拼死跳下船。现在船——上面是他的哥哥——被强大的吸力卷入深处，在海底粉身碎骨。渔夫则紧紧抓住救命的木桶，在乌黑的水壁上一圈圈地旋转，仿佛去往没有尽头的地狱，直到摧毁一切的涡流渐渐平息。

我会如何，骨头？

[137] 我想你，尤纳。现在说出来了。可笑的句子。无疑。一句屎。引文。可的确是。有一次我在旧书里读到它，笑了。我只是换了名字。你会因此生我的气吗？尤-纳，尤-纳。我最爱的两个音节。你反正不会看到。这不是信。只是草稿本里的涂涂抹抹。你一定知道：我又写起了手稿。我叫它小册子，但不值一提，和宇宙算的一笔小账，诽谤，拙劣的玩笑。我到底为什么写？写给谁？以对称律来作批判性评估，我就必须得说，我被球状的傻子包围着。因为不论从哪个方向观察，他们都一成不变地傻。列车员刚走过去。对称的傻子。我旁边坐着一位患痨病的先生，偷窥我的笔记。十足的蠢货。我希望他来读。是的，我指您，就是您！您最好别那么傻盯着！可以一起看，看我的思考如何分崩离析。今天有人在车厢里说：人们旅行，是为了找到平素隐藏着的内心。如此种种！我从来不相信什么内心。向四周看看，我就得承认，我是对的。这些蠢货看起来如此震惊，就好像他们终于深深地看到最深处的内心，却只发现一层用来掩盖丑恶空虚的膜。或是我的目光让他们如此惶恐？是的，他们盯着我。一个无性的、不满的丑女人！我累了，尤纳。真是疯了。我逃离了一个爱我的男人。他爱我。至少他如此认为。我们谁都不爱，永不。我们只爱我们对某人的想象。佩索阿说，我们爱我们自己的想法——也就是我们自己。你还记得我们在里斯本的夜吗？何时起，我开始憎恶自己？何时起，我宁可只思考，不感觉？我思考了吗？拙劣的玩笑！我曾对你讲过妈妈的死吗？我发现的时候，她的尸体已经在餐椅上僵坐了一个星期。（后来人们把她和椅子一起抬走。）我在她身旁坐下。我们都沉默着。片刻的共鸣。外面，火车窗前，一只兔子刚跑过荒野。覆着薄雪。风吹来，卷起白。左一勾，右一拳，消失在灌木里！我想讲个笑话，[138]让一切都轻松一点，可我什么都想不出，该死！有了！或没有。你什么也强迫不了。妈妈强迫着死亡。不：是加速。废弃的生命。我向来钦佩她。如今更是。她把自己绑在餐椅上。垫着尿布，为

了尊严，在夏裙里。我讲这些，就像昨天，却一定有5年了。或者3年。或者7年。你知道邓肯·麦克道高的故事吗？你知道的，那个骗子，20世纪初，他把正咽气的病人放到秤上，声称身体将在死亡的一刻变轻42克。也就是说，灵魂100年前这么重。（也没有太多。）实验永远无法证明。死去的皮囊，一个原子不多，一个原子不少。里面只发生了神秘的重新排列。而这重新排列的原子们，再也组不成人。没有强制思考，没有矛盾之感。没有防蛀的小袋薰衣草的气息，没有我。我在老箱子里找到了威士忌，在补过的袜子下面。老埋伏。她给我留了一口。多好。她面前还有只杯子，我和她碰了杯。刚刚在餐车干了两杯伏特加。就善感起来。抱歉。你问我，为什么逃？我永远都只是在逃。逃开一切。（我只在死去的妈妈身边坐了下来。）你看，我有时候也用双腿思考。生命的本能。那个女人是谁，尤纳？那个把手臂环在你腰上的女人？

> 一个麻省理工的男生和一个哈佛的女毕业生手牵手在查尔斯河边散步。麻省理工的男生转向哈佛的女毕业生耳语道：
>
> 告诉我，亲爱的，太阳为什么闪耀
>
> 傍晚的天空为什么画满图案
>
> 告诉我，常春藤的嫩枝为什么缠绕
>
> 我就对你坦白，为什么我爱你！
>
> 于是哈佛的女毕业生双膝颤抖，想了一下，
>
> 最终回答：
>
> 核聚变让太阳闪耀
>
> 瑞利散射让天空作画
>
> 向性运动支配常春藤的嫩枝
>
> 雄性激素决定了你的爱。

人的身体由什么构成？99%是气和水，碳和土。几滴氯，磷，硫。共计3欧。

[139] 稳定性怎会在不稳定的世界中诞生？

通过循环。任意取一个数。开平方根。把结果作为
同一操作的起点。再次开平方根。如此继续下去。
一个封闭的救赎之环。

$$\lim_{n \to \inf} \alpha^{1/2n} = 1$$

如同魔法，循环过程稳定在 1 这个值上。

Смоленск［斯摩棱斯克］。我在俄罗斯。再过几个小
时就是莫斯科。火车停了几分钟。有足够的时间呼几
口冷空气。月台上，车站的建筑绿得刺眼，一个孩
子，裹在太大的制服外套里，骑着车。骑得一塌糊
涂。他摇摇晃晃。爸爸两手都提着重箱子，大喊着鼓
励。红扑扑的小脸蛋，顽固的目光。再快点，只快一
点点，混乱的摆动就结束了。你就会躲过摔倒的诱
惑。车立于两个窄窄的点上，胶轮总是逃跑，总是另
一段轮胎擦过路面。再快一点，离心力就会撑起你，
踩得再实一点，就会达到临界值。动态平衡。你就可
以闭上眼睛，把手臂伸向天空。接下来你的任务就简
单了：只要不去打扰轮子的旋进力。可不。你在抖。
重力的胜利。又摔了一嘴泥巴！

［140］19世纪乘火车：速度的醉。

21世纪乘火车：慢的发现。

人类话太多，骨头！

这样不能思考！

是Москва［莫斯科］了。

不是索尔仁尼琴吗？他在十几年
流放中吟诵着契诃夫的《到莫斯科去!》，
最后，终于回了家，
由此断定，人熬得过任何灾难，
只有精神上的不行。

旅馆酒吧里的循环：喝，等，写，喝。

我冻在我的莫斯科之夜。

红场的雪。

我在Tochka［托奇卡］。

我得找一找，四处打听后，

最终找了个小时工。

他很帅，

但我毫无反应。

我一片荒芜。好像在不可思议地

自问：为什么?!

今夜我的目光如此阴暗，

骨头，我的狞笑如此明确，

人们都远离我，

仿佛我恶臭如硫化氢的海。

（我的比喻越来越可笑了。）

［141］布兰查德女士您好！

我的名字是丽露·朱迪，我是索邦大学考古研究所的学生。您的父亲十分友好，把您的E-Mail给了我。（电话号码打不通？您居然从来不开机？？？厉害！）我本想订购您的上一本文集（《冷漠的企鹅和金蛋》），可出版社反馈说，库存已销毁。哇哦！迟早如此：所有印刷品的命运。没什么大不了。（可惜您的科学文章也不是我的菜。LOL［大笑］）嘿，为什么我来找您：我想写关于您祖先的硕士论文。《波莱特·布兰查德。大融化时期的冰川考古学》（诸如此类吧）。当然，也涉及后女性主义视角。我的教授，米诺女士已经通过这事了。您的父亲也很兴奋，答应尽量帮我。可惜季节不允许，没法去发现地。（您一定要知道，我也是个有天赋的女登山运动员。）但我已经可以记录尸体了（天！），谁知道呢，说不定下葬前还能留下她做病理学研究呢。（有异议吗？）反正，一个医学系的女生对此很有兴趣，把冰雪公主切片、推到各种机器里去！我现在已经找遍了您父亲房子的阁楼和地下室。（其间我和蝙蝠弗雷德，交了朋友。）布兰查德先生请我喝了比我还大的葡萄酒。老家伙！收获：贫乏。然而我找到了一本关于亨丽埃特·安格维尔的书，"勃朗峰的新娘"（1838年，玛丽·帕拉迪斯之后，第二位登顶的女士），还有一张她的肖像，［142］两件东西上都有评语，很可能出自波莱特之手。（灵异但好玩的事实：书的最后一页上写着画双线的大写日期：1878年8月2日。波莱特的忌日！）您的父亲说，您已经翻过阁楼，随便拿了东西？他请您，以科学之名，把所有偷走的物品寄给我。尽快。我在国家警察档案馆找到了一份记录及此案的其他文件。附上扫描件。请您回复。马上！目前我就是在竹篮子打水。祝好，丽露

所以那个卑鄙的流氓把一个小姑娘

骗进了家！你想对此说什么，骨头？

[143] 夏穆尼警察支队报告：

1878年7月31日，波莱特·布兰查德在奥匈帝国驻日本东京的领馆职员海因里希·冯·西博尔德的陪同下，开始攀登勃朗峰。根据西博尔德的陈述——他本人就是德国与奥地利阿尔卑斯登山协会认证的会员，没有熟悉当地情况的向导另外加入，因为他足够丰富的阿尔卑斯经验让向导显得多余。鉴于遇难者并未表现出此类经验，另外考虑到他们穿戴的装备，供词显然值得怀疑。二人当日拂晓时从夏穆尼出发，攀登至蒙坦威尔，打算从此地横穿冰海，随后继续攀登冰川左翼。西博尔德声称条件有利，天气状况稳定，冰上无雪。下午晚些时候，两个同伴精疲力竭，决定在冰川上宿营。夜间刮起的风暴清晨时再次平息。因此登山者决定，次日，8月1日，重新上路，继续攀登冰舌，横穿大断裂带，雷肖冰川与塔库尔冰川在此汇合成冰海。二人把绳索固定在边缘的积雪带上，克服了这段险路。下一段在塔库尔冰川上的攀登也很难结绳。要经过裂隙区、冰塔及冰布，山岩、积雪和冰使行进极其缓慢，力竭的登山者最终在一处平地宿营，已在白谷脚下，海拔3200米。入夜，天气状况危险起来。风暴和大雪在宿营地上方呼啸了几个小时。高海拔导致的空气稀薄，[144]亦即氧气供给的缺乏，让敏感的女伴尤其难熬。次日清晨，大雾使能见度降至仅数米，西博尔德自述说，他几次要求返回。布兰查德小姐态度坚决，不论如何，一定要在当天到达选定的目的地塔库尔勃朗峰。二人争吵起来，丧失理智者——粗鲁地用狗"钦格尔"含沙射影，它是英国阿尔卑斯登山俱乐部的荣誉会员，几年前成为首个登上勃朗峰的四足动物——离开男伴，朝裂隙纵横的边缘走去。滞留原地者在拆除的宿营地搜寻了几个小时，未果。西博尔德先生猜测，年轻的女士已去往顶峰，但他不敢"没有绳索就冒生命危险攀登"。他"担忧自己的性命"，无奈返回。

　　要说明的是，在西博尔德返回后直接被记录的首份供词中，回避了与波莱特·布兰查德失踪相关的事件。1878年8月3日的口供记录说，二人共同拆除了宿营帐篷、决定返回，但仅仅向下攀登了几米，女伴就魔鬼上身似的松开绳索、消失在大雾里。被问询者想把分歧推脱给此事给他造成的混乱和震动。

[145]

夏穆尼地区法院就波莱特·布兰查德（职业钢琴教师，执教于耶尔）的死亡申报事宜作出如下决定：

I. 兹此宣布，布兰查德·波莱特，生于1853年5月17日，巴黎，单身，最后居住地耶尔，死亡。

II. 死亡登记时间确认为1878年8月2日，24时。

III. 所有诉讼费，包括申报者的垫款，将从死者的遗产中扣除。

为何西博尔德？

是什么把他推到波莱特身边？

这一切与你有关吗，骷髅头？

你又沉默。你到底知不知道，怎样说？你能讲出句子吗，麻木的骨头？你可曾陷入范畴的问题和陷阱？你豌豆大小的脑具备这种能力吗？

或者，你和我一样，
在符号和图像中思考？

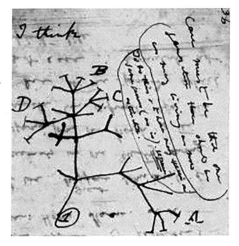

在达尔文"我想"之后，笔记里出现了他对进化论的首次说明，一棵生命系统发育树。

[146] 西伯利亚铁路。

我走入我的车厢，我将在这里度过接下去的几个星期

就像那位著名的让·德·拉·巴鲁埃，在他的笼子里

既不能直立也不能平躺。一万公里，

直至世界尽头。床太短。

骷髅头，你睡在箱子里。

圣诞节，尤纳送给我一个佩戴的玩具。于是我们交换了性别。这让我兴奋了几个星期。（他也是。）就好像，几乎还没系好绑带，另一个剧本就开始引导我的身体。尤纳扮演一个美丽的女人。在我看来，他比平素更纤弱，这让我眩晕。让我眩晕。让我眩晕……

有一次我去看心理治疗师。你奇怪吗？有人强迫我过去。然后呢？对谁都没用。（可怜的治疗师陷入抑郁。我仍然是同一个傻子。）你知道这些吗，骨头？良心的讨债者。后弗洛伊德时代的发泄商。治疗师解释说，痛苦是咎由自取。我们爱情生活的红尘是自作自受。我们的不眠之夜，我们的自我毁灭，我们的胃溃疡，我们的精疲力竭……一切都怪自己。我们的失败是自制的。形形色色的一切！丑陋分裂的我，是我们不可原谅的怠慢之果。我们疏忽了灵魂的清扫。童年变坏！唉呀呀！母亲父亲俄狄浦斯美狄浦斯！但是有希望！有救赎。填缝剂和灵魂的家政帮手。谁救得了自己？谁？对了！自己！所以，振作吧，骨头！咬牙，出汗，喘息，奴役你！成为你自己的奴隶

主。继续！努力一点，再无其他。幸福已经开始摇晃，在那，就在那！再买一次，食谱，再来一轮讨论课，一个全新的自我设计，就尽在你的掌握！一次小小的衍生品交易。[147]一笔小小的对我的投资。一个特价的周末。双人房，纯素午饭套餐。松露拉力赛。找寻符号的资本。我曾参加过这样的治疗。他果然对我说了这些话。他说，我不应该如此多虑。天晓得！不要如此多虑！不要如此多虑！你听过这样的话吗，骷髅头？太阳底下还有比这更蠢的话吗？我回答他，我会考虑的。我的天，他居然没有笑。

尚塔尔，世上最亲爱的人。

我们曾耽溺于低俗小说。我们在罗马之夜找过桃子。我们把眼泪搬入大海，我们用啤酒盖织过衣服。我们在电影院为吸血鬼而哭。我们在人行道弄丢了薄荷冰淇淋，并为之忧伤。我们抱怨过一成不变的日常。我们拔过对方的头发，不是一根。我们在出租车上呕吐。我们裸泳，吻过海洋生物。我们当然坠入了爱的迷醉。我们太早叫醒了彼此。我们在雨中湿透，在虞美人花田里迷了路。我们久久相视，忘记了呼吸。我们分开过。也追逐过。我们耳语着秘密的专用名。我们在电话旁沉默了太久。我们为艺术而兴奋，用艺术让自己无聊。我们再也忍不了，再也放不开。我们像站在镜子迷宫里的火烈鸟，笑了。

你的尤纳

4

[148] 扁头泥蜂仿佛是由耀眼的金属丝线编成的青蓝色造物。它们不仅有离奇之美，还精通一套非同寻常的仪轨。它们一生只在出生后不久交配一次。困惑的小雄蜂随后就会发现自己被抛弃了。因为小雌蜂换了伴侣，为抚育幼虫，她给自己找了一个庞大数倍的强势昆虫：蟑螂。它们被选中，是去充当后代的赡养者。对此无需漫长的说服工作。雌蜂紧紧咬住蟑螂的颈甲，把镇静的毒一针打进胸部神经节。注射的针剂使之瘫痪，所以雌蜂能完成诱拐，她的第二针刺穿外骨骼，把毒直接扎入脑。它在那里，在食道下神经球，施展开迷惑大法，遏止神经细胞释放调节逃跑或抗争之类复杂行为的神经递质章胺。简言之：蟑螂成了雌蜂的奴隶。发生了不可逆的行为改变。仿佛身负更高使命或变成了僵尸，蟑螂开始彻底梳洗。它平静地保养着身体，对将来之事一无所知。驯顺的昆虫被女皇牵住触角，就像拴在绳子上散步。一到达目的地，雌蜂就咬断它的触角。爱情的奴隶丧失了所有方向感，雌蜂则贪婪地喝下流出的绿血，用一滴滴血淋巴把自己灌醉。[149] 她把那恍惚的家伙带入巢穴，在它的下腹产卵，开始用小石块最后砌牢：一个温床，一个坟墓。自此以后，蟑螂就充当着新鲜、丰盛的营养来源。几天后幼虫破

壳钻出，以这迟缓挣扎的生物为食，继而钻入腹腔，从内部
将抽搐的昆虫吃得干干净净——以耗尽那维持生命的器官。
甲壳一被挖空，幼虫就结成蛹，直至几周后，它们溜出这被
抢劫、被奴役、被拖拽、被肢解、在数日折磨中死于非命的
蟑螂的尸体。

薄翅螳的故事同样触目惊心。众所周知，这优雅的生物
把一种乖张的性行为操练得炉火纯青：食夫交配。薄翅螳对
伴侣提出的不道德的请求是：你还能吃吗？在激情的交尾过
程中，她吞掉情人营养丰富的脑袋，而头颅的缺失根本不会
让他中断总算得逞的性。后腹部的肌肉不为所动地继续工
作。精液和生命被同时给出。

我能从中学到什么？答案很简单：一无所获。什么都学
不到。自然存在着，不是为了让谁从中抽取出拟人的结论。
自然不是让人类修身养性的伟大教育机构。可惜，不是。自
然毕竟不是谁的发明，它对道德一无所知。生命就是目的自
身。它是意志本体。它要持存、复制。生命要活下去。

演化理论家理查德·道金斯在20世纪70年代构想出一
个卓越的理论。他说，生物体无非只是生存机器，[150]是
完全被动的容器，它们之所以存在，仅仅是为了容纳相互竞
争的自私的基因。上百年来，我们人类认为物种是演化的参

与者，我们自己则一直是我们行动的主体。我们在妄想。道金斯说，真正的参与者是基因——即便它们无意识、无意志。它们设计出种种机器，遁入其中以求永生。那复杂的保护壳，常被称作植物或动物。道金斯说，我们是被 DNA 分子操控一部分庞大而笨拙的机器人，是基因斗争中的战场，而它们一往直前，只为成功地复制自己。

自然是一场无休止、无意义的战争。可并非总是如此。

单细胞生物是有可能永生的。它们不老，亦不死。它们分裂着活下去。数十亿年间，也就是地球历史上最漫长的时间里，这些仿佛在世界大洋中永生的单细胞是星球上唯一的生命形式。直至破坏性的气候突变期终结了它们的垄断活动。在前寒武纪晚期地球被多次冻成冰球后，在它从-50℃绝望的平均气温被最终加热至更绝望的+50℃后，出现了致命转折，一个将酿成大错的基因程序的失误：性和死的发明。

（诗的幸运。哑巴的变形虫不会歌唱。它们——不关心爱或有限性，既不需要艺术，也不需要宗教或科学。）

人们称其为寒武纪大爆炸，那是生命史上的戏剧性转折，生存机器突如其来地发展成光怪陆离的复杂结构，[151] 它在雪球期之后，把生物从原始的黏液阶段中解救出来。没有碎骨粉尸的冰川期，我们就不会存在。事实表明，创造需要毁灭以及总是随后而来系统解压。我们所谓的灾难，是演化的实验室。

是什么导致了演化的骤变？

性、死亡和氧。因为这是雪球地球的产物：在大融化过程中，无数滋养性的磷随着被冰川磨碎的岩石进入大海。藻类盛极一时，一个巨大的光合作用工厂诞生了。大气中的氧含量急速升高。增加了20倍。逃过灭亡的生命，开始混合基因，绽放开来。

没有心灵的新自由主义护教士会喜欢这个故事。一场细胞的工业革命。一切的基础是新的能量资源。它摧毁了天堂般的震旦纪花园。（作为多细胞的代价，死亡已在其中。没有匪徒或猎物，没有嘴巴，没有利爪，没有保护性的甲壳。没有饕餮，没有内脏。没有用于捕食或逃避猎手的眼睛。只有被动的发芽，只有那些异常美好的神秘生物纹丝不动的坚持。）自由的氧把生命抛出被动。发生了咽喉和牙齿的演化，猎手的演化，生物间的斗争，身体的军备竞赛，从未有过的形式爆炸，生存斗争中的优化，奉献给阴险有用性的肉身极权系统。简言之：万物反万物的战争。残忍带给世界如此多的创意，再无出其右者。

[152] 不太对劲。不只身体的臭气和噪声。不只同行者粘在身旁，不只他们的谈话，我反正听不懂。某种根本的东西不对了。世界的秩序错了。我抬起眼睛，注意到，年轻的俄罗斯女人缺了一半。左眼。也许是耳朵，也许是面颊。我感到一阵恐惧，切身之畏。溶化在继续。女人的脸消失了，她金色的头发，半个车厢。不再有窗外的世界。我动不了，只能看。不，错的不是我的脑，不是我的视野。是世界，发生了闻所未闻之事。荒唐的怀疑袭来。我忘记了，脸，车厢，风景，是什么样子。我的思想出了事。在我看来，并非什么东西消

[153] 失了，一种昏暗的猜疑啮噬着我，从未曾存在过什么。有个洞。在我的理智里，我的记忆里，我的我中。不，是宇宙裂了洞，就在车厢正中。我流了出去。没有洞，确实有洞。如何界定一个洞？只能通过它的边缘。边　　　　　　缘在哪？一切都让我　　　　　　错乱。我有种感　　　　　　觉，我的身体，所有身　　　　　　体，都是不稳定的，它们瓦解，可以一点点丧失——一只眼睛，四肢，脑。脑怎么会脱离身体？骷髅头？不，什么都没有掉落。是世界，没有了。

[156]

一个孩子把小手放在结霜的

就像破晓的白，时而有幻影闪动其上。

冰、雪、冻住窗。只能看到灰色，

溶成用长柱构架覆盖在上的冰。

我有偏头痛。

璃上，直到浑浊破裂，打开一个朝向外面的小小的眺望孔。

韩少

［158］布莱兹·帕斯卡，周期性恐怖幻想的受害者，如果他看到左边裂开一个洞或孔，就设法把一件家具放在相应的位置上以求安心，孔随后就会消失。同代人称之为"帕斯卡的深渊"。

[159]

1885年1月15日，佛蒙特州的
农场，当威尔逊·宾利用他亲
自组装的银版摄影装置和显微
镜拍出人类历史上第一张雪花
晶体的照片时，他跪倒在他
目睹到自然之美与复杂的设备
前，感动得热泪盈眶。

一切都远了。

甜蜜头？

155

[160]　　　　　　　　　　　　　　　所有人都很小。

我的真实，从未好过妈妈的超8电影，它带着噪声条、雪花点和扭曲变形，在我们起居室的墙上闪烁，取代了平素挂在那里的丑陋的天鹅画，壁纸有一点发白。我回忆起我曾感到的恐惧，当时妈妈正拍摄还是小女孩的我如何坐在起居室的投影仪前、盯着看我自己的影像，我回忆起放映引起的眩晕，我很快发现自己被套入没有尽头的循环，就像在两面镜子之间，我似乎依然能听到投影仪在我脑中咔哒咔哒地响。医生里伯金德先生说，这是

的儿童病，还给出了名字：经典
释重负。）他对我解释，把握世界
错误的方式，我的出
型的扭曲，马赛克-
痛。当时我已经隐隐
靠的感知可以让我了
头，那很怪诞。仿佛

种没什么大不了
偏头痛。（妈妈如
有正确的方式和
了点错，实物模
错觉，麻痹，头
约约预感到，我的这种不可
解到真实的阴险谎言。骷髅
世界是个巨大的电影院，所
有造物都着了魔、一动不动地坐
着，陷入他们眼前这场堂皇的虚

构。仿佛只有我丧失了那种能力，无法从图像序列中辨认出我的真实。我看到幕布上的苍蝇，看到裂痕，看到紧急出口的灯光，我转过头，看到所有面庞都沉浸在他们的梦里，盯着那光影之戏。我如此活着。忘记了，人如何存在。我只能感知到，某种东西（拙劣的东西）在感知着。（又站到两面镜子之间。）我无法再思考、感觉、行动。我只能感到、想到，某种东西在思考着，感觉着，动着，写着。

[161] 佩索阿："我永远只在梦着。唯其如此，是我生的意义。对我真正重要的，永远只有内心的生命。我最大的惶恐烟消云散，当我，把窗开向我梦的街道，　　　　　　我忘了自己，在见我之所见时。　　　　　　我别无所求，除了做一个　　　　　　梦者。人们对我说起生命，我从不去听。我感到，我永远属于，非我所在之处，非我所能之物。一切非我者，不论何其小，对我都有诗意。我别无所爱，除了虚无。我别无所愿，除了不可想。"

无疑：这个我，已成为我性生活的严重问题。

几秒的梦：有人注意到，文本里有若干空缺，缝隙，裂痕，可以穿行。我来示范，手指穿过缝隙。我们都笑了。（很多裂痕。）

[162] 一个老人对我笑着，羊毛帽
盖在他的两只耳朵上，对于他
衰老的嘴巴，塑料假牙实在太大了。

我回忆起
我曾感到的惊恐，
当我第一次明白，
世界上没有颜色。

为何无我。

试论一。

一切均不曾有色。我们所谓的颜色，并非物性。颜色其实在相互关系中诞生：太阳，大气，若干复杂物种的脑。太阳辐射出的绝大部分电磁波，都被大气层中的气体吸收了。没有这些滤镜，星球上的所有生命都终将被紫外辐射摧毁。透过大气之窗的微量残余，是可见光，一束在千百万年间利用着演化的电磁波。草不是绿的。它是绿色之外的一切。因为，它反射了那部分被我的意识神秘地体验为绿的光谱。它驳回了绿色。草拒绝绿，所以我可以说，只有草的否定对我显现。也就是，电磁波射在我的视网膜上。发生了空前之事。根本性的断裂。外部世界的刺激终结于我的眼睛。它根本没有继续进脑。刺激反倒被译成神经元的语言，精神的通用语，电脉冲和化学递质，它们只传达两种信息：波长和某一点的光强。视网膜上没有颜色，没有形状，没有空间，没有运动，没有深度，更没有意义。[163] 正如耳内无声，舌上无味。任何东西都不会钻入我脑袋里的那一团古怪。大脑在颅骨的盒子里活得与世隔绝，抽动的只有突触。我的所听、所闻、所尝、所见，我的所想和所感，都是大脑的效果。一场宏大的戏剧，生动的虚拟，邪恶的法术，笛卡尔的魔鬼，它诱骗我相信一个我根本无法直接接触的外部世界。它与真实无关。只是卑劣的模型，物理世界的拓片，那个世界丰富得无可匹敌，大脑却只处理了其中极其微小的一部分。然而，唯独在那里，在我意识的幻象中，唯独在那监牢里，我才能神秘地经验到绿。它并非世界的属性，而是神经元煊赫的效果。好像大脑在演化中的某一时刻决定，要蛮横地描绘、定制出那透过地球大气、如此特殊受限的光谱：一端显现为红，另一端是紫，所有波的综合显现为白。（何为颜色，永远是谜。）器官就这样在自身内部绕圈。轰轰烈烈的幻觉。我所体验的，甚至不依赖于感官刺激。神经科学家确定：来自外界的一个挑逗，就能引发大脑内部成千上万的骚动。点燃一场转向内部的烟花。思想脱了缰。我以为看到的，取自最重要的感官，记忆。它封藏着浩瀚的档案。一排排图像、模型和样板。于是我穿过旷野。雨云之像，风中的草，和尤纳的面庞，眼睛，灰蓝眼眸之像，湿漉漉的头发，粘在苍白的脸颊上，皮肤。尤纳。幽灵。刹那间，一切都从记忆中脱颖而出，作为期待和设想，只需要被信号刺激校准。而图像构建得如此之快，竟让我成了天真的现实主义者。它出卖了我。把我囚入它的陷阱。我只能把我之所见当作真实。我只能相信我自己，相信这个坐在身体箱里的某处、或许在幽暗的脑壳上部的我，她孤零零地，体验着一切。

［164］

满目皆白。

霜凝之林。

［165］擦肩而过的雪地。

[166] 我的脑，从未诱导我

相信任何东西。

在粒子物理学的标准模式中，最小的构成元素，前苏格拉底哲学家们的原质，通常被描述为粒子。然而，真正研究下去，从方程来看，就会得出结论，宇宙最基本的建筑材料绝非粒子，反而是场，是那充满全部空间、既创造也消灭物质的实体。粒子是这些场中的骚动、紊乱。方程告诉我们：场是最初级的现实；我们是空间。唯有空间。（不能更可信，在这可怕的旷远阔野上。）我们的所见，我们日常所认为的真实，是副象，是一种更加动态的真实的涟漪，而我们却无法直接感知这种只能被方程告知的真实。威廉·布莱克写道，如果感知之门被清理干净，一切都会向人类显现，如其所是——无穷无尽。我们的所见、所听、所闻、所感，丝毫不能领会我们是什么、我们周遭是什么。但我们有理智。我们有想象能力。去摆脱限制。去追寻布莱克的无穷无尽。

[167] 窗玻璃上的白霜变成地
图，又变成风景，变成想象的地
理，极繁，极美，是的，兴奋的
脑造出了它。

列车员很会

用我的绝望做生意！

单人厢，一等座：

加价7万卢布！

寻找消失的静寂。

1978年，约翰·凯奇布置了一辆火车，仿佛
它是钢琴。他在内外都装上麦克风，转接至扬
声器，还有火车站及附近地区录下的杂音。火
车于是变成乐器，风景自己成了听众。乘客们
受到邀请，像唱片目录那样阅读列车时刻表。

[168] 愚蠢的担心，无法入睡。我总是清醒地躺着。尤其在途中。现在变了。我很难醒来。仿佛这衰败的身体中有个开关突然改了方向，此后我只能睡眠，不论何时何地。我梦着。火车事故，相撞在永远幽暗的乌拉尔山区，铁轨尖叫，车厢倾覆。宁静的梦很少。往日的惊骇。并不让我恐惧。可几乎尚未醒来，就感到恶心。我以药片为食。做着种种蠢事。比如打开包厢，动身去餐车。事关代谢。人理应不时摄取营养。我在敞开的车厢过道里站了几分钟，直到手指冻得发青，噪声让我耳鸣。这条通道是让我害怕的深渊。前面，冷藏室，躺着一头死猪。我在餐车吃了肥肉汤。有人问，是否能坐在我旁边。我太虚弱，说不出不。是个胸腔下陷的俄国学生。他要回家，在斯维尔德洛夫斯克北部的一个村子。他妈妈病了。他也犯了哮喘，自从7月和8月几场严重的森林大火。他告诉我，整个莫斯科，好几个星期都被裹在烟里。甚至在乌拉尔，他的家乡，也火灾恣肆。7月，莫斯科的平均气温达到40多度，史无前例的数值。他解释说：对于俄国，地球变暖是好事。很快就能在西伯利亚种粮食、玉米、南瓜，甚至桃子和葡萄。肥肉汤让我反酸。大学生说，如果北极的冰最终融化，俄罗斯的企业就能把液化天然气直接从亚马尔船运至欧洲，开放的北方海路对军队也有好处。他问我旅程的去向。后来我在火车厕所里吐了。

我眼前闪动着

菱形，梯形，多角形，

堡垒，马赛克！

一切都在闪，骷髅头！

[169] 雪。这种纤细的晶体在冷云中诞生，当气温远低于零度。是共生相。液态水、蒸气和冰晶在此并存，由于缺少晶核，无所依靠的蒸汽不能集聚凝华。然而，极其微弱的干扰就够了，亚稳态崩毁，相变化发生，自发结晶。形态的变化产生出立体，小小的六棱柱。对于轴对称和旋转对称的晶格，这是最低的能量状态。（中国学者两千多年前就写过，因水本数为六，水凝之花必有六角。冰晶的六角形状的确根源于水分子的微观特性。）这个棱柱体于是成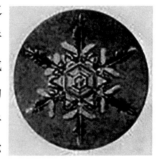了晶核，其他分子层层积聚其上。结晶的小薄片在风中旋转飞舞。越来越多的分子挂在凸出的六角上，如此形成枝杈，对称生长不断强固，直至最终——根据不同的湿度和温度——精致地分岔为齿，并结合出分形图案。艺术品继续回旋，直至某一刻，饱和的形式让它太过沉重，于是向大地俯冲而来。

我丧失了所有的时间感觉。从莫斯科到海参崴，空间几乎延展了上万公里，当我想到，这与我们星球的直径规模相当，就眩晕起来。可以看到窗外走过的时区。时辰和日期却对铁轨上的时间旅人蜷缩起来。就像羊毛毯下的乘客。火车和路段上的车站只按莫斯科调整钟表。仿佛一个寒冷的时间牧区从欧洲一直延伸到日本海。于是，太阳在中午落下。我拼命挣扎，不把它解释为恶兆。旅客们显然开始怀疑起时间概念本身。旅程越远，目光就越散乱。我问自己，爱因斯坦领悟到相对论与他首次乘火车穿越西伯利亚发生在同一时期，是否可能纯属偶然。

［170］**消失**。一直思考下去，思考着分解我自己，直到我消失，只剩思考。当我明白，我死死抓紧的东西，也就是我的我，其实并不存在，无法忍受的东西就可以被忍受下来。

让我安安静静地拉屎吧！

为何无我。

试论二。

20世纪中叶，施虐狂的行为研究者开始了一系列形式完美的试验。人们在动物大脑中植入发丝般粗细的钢电极，并通过电脉冲刺激它们——结果不可思议。受到如此刺激的动物们变成了远程操纵的生物机器。研究者着迷地看到，中脑杏仁核被激活的猫，伸出爪子，炸起皮毛，瞳孔扩大，相互攻击，然而，只要电极稍微移动一毫米，它们就开始紧紧依偎、爱抚地彼此舔毛。一个脉冲激发出逃跑反射，另一个却是平静的睡眠。按下按钮，母鸡就干渴难耐，它费尽九牛二虎之力，只为到达盛水的盘子。受到恶毒的第二重化学刺激的老鼠把幼崽衔在口中，却同时开始放荡地交配。独自在笼中的公鸡，在渐强的脉冲刺激下，先是警戒地看向远方，很快又向下看着身旁的地面，直到咯咯叫着拍打翅膀，打算向后跳一步，以便在下一刻用尖喙［171］和利爪攻击无疑并不存在的敌人。可当电脉冲停下来，这只公鸡突然转过头，左看看，右看看，显然困惑不已，最后它伸长脑袋，发出大获全胜的啼叫！敌人已被打跑。（刚刚，在车站，我观察到两个穿着羽绒夹克的灵长类动物行为相似。）还是老鼠，竟会被安在它们笼子里的快门触发性狂喜，无度地滥用这妙不可言的欲望按钮，甚至忘记了吃喝，直至在快感中命丧黄泉。你看到我想说什么，甜蜜的骨头？是什么造成研究者险恶的施虐行为？是什么刺激把意志激活为知识？权力意志？那么，行为是有意识的动作还是自然的灾祸？或者，换句话说：骷髅头，是什么造成我原始的、愚蠢的逃跑反射？我想在这可憎的火车里干什么？我为什么让自己每天被十个白痴献媚？什么驱动着我？边缘系统，尚塔尔。你的意识无法进入的最原始的脑结构。感觉的所在。你听从它，就像驴子听从在它眼前晃动的胡萝卜。上帝啊，若非我更鄙视理智，这种领悟会让我多么困惑！我们崇高的意识，大脑皮层的成果，人类的全部骄傲，理性的中心，永远进步的保证，睥睨兽性卑微的常胜者——它无非只是一场更古老、更宏大的丑恶游戏最外表的无力边缘。最初我们不去理解，只是感觉到安全。然后，是的，然后我们才思考，可思想本身没有任何力量，是绵软之物。于是我们再次感觉，无智无识，最后不假任何理性地行动。这是我们日常胡闹的结构。神经递质，多巴胺，比任何思想都对我更有威力。不是好极了？叔本华写道，虽然我可以行我所愿，但我无法愿我所愿。可悲的我。它把所有来自愚钝感觉的愿望、所有来自愚钝感觉的行动计划都记在自己名下。它自以为是女王，实际上却是小丑，看热闹的人，无所事事的夸夸其谈者！

[172] 我的思考一定会成为大事件，骨头！

并非创造我。而是毁灭我！

思考是对话。

（与自己！）

如果我变了呢？

如果我能为你，尤纳，

变成另一个人？

［173］我爱西伯利亚，虽然我如此

爱西伯利亚，却没有任何人注意。

如果无人知道，我爱西伯利亚，

我就不爱西伯利亚，虽然我爱西伯利亚。

不要这么可笑，尚塔尔！

[174] 终于任其垮掉。

感觉

精疲力竭。所有这些可笑的努力，这沉醉于幻觉的

愿念，

可以实现什么，

终将意味什么。　　　一下子，干脆全都

投降，对这

精疲力竭

我本就在其中。

不再尝试，

不再每天抵抗，不再

维护一切，

使之免于崩毁，

而是让一切走下去，

顺从它自己的欲望。

而是终于，

终于，

任之垮掉。

［175］

终于坠落。

[176] **我们停了**。我站在车厢尾的铜茶炊旁，看着窗外。滚烫的热茶让我舌头发麻。怎么摇都没用。停车期间厕所关闭。于是我把钱包塞进口袋，下了车。我不知道我在哪。新西伯利亚与伊尔库茨克之间的某处。我早就失去了方向感。站台被一层冰覆盖着。温度计显示零下27℃。我在破破烂烂的车站厕所里解了手。还在一个老奶奶那里买了夹碎肉的皮罗什基饼。时间仿佛冻住。我坐到长椅上，在几个俄国士兵旁边，听残疾人用他尚存的手指拉手风琴。再回到站台上时，火车走了。火车走了。它走了。无声无息地走了。我甚至要怀疑，是否曾有过火车。远处，我想，我听到了约翰·凯奇的音乐。我站在这里，没有证件，没有行李，没有外套，没有书。物品继续环行世界，没有我。我终于可以感到，我丢了。在站前广场，我拿相机换了皮大衣。用几百个荒唐的卢布买了靴子和毛帽子，就出发了。宽阔的街道，歪歪扭扭的板条栅栏，零星的寒酸小屋。我在一个小店里找到了伏特加和罐头。很快就到了林子。据说，在西伯利亚无尽的森林里，没有回头路。空气如此剔透，世界要对我透明起来。我感觉，这是多年来第一次清醒。真实闪耀着。我感觉到我的身体，积雪上嚓嚓作响的脚步，体内的炽热，白气腾腾的沉重呼吸，被伏特加灼烧的口腔。勒儒瓦-高汉说，人类始于足。直立行走，向前迈步，一种远古的经验。祖先们已在这一地区游荡了3万多年，从中亚到北极，到白令海峡，南到贝加尔湖，他们为自己开拓着 [177] 冻原的孤独，倔强坚守着他们的发明去对抗自然的荒凉。直至极地冰盖再次退出北极圈内的俄国，直至被巨型冰坝拦截了上千年的河流重新奔涌而出，旷古洪水淹没平原，直至上个冰川期末再

次夺去他们的生命。我走着。一步，又一步。我是迷失者。我走在被诅咒者的土地上，我想。静寂背负着古拉格之歌。这块土地埋藏着百万流亡者的肉体，几个世纪将他们带到此地。有什么动了一下。树后面。我以为是动物，狐狸，小熊，也许是紫貂。小东西跑开，我追上去。它腿短。我很快赶上。我一跃而起，抓住它的后颈，小兽！你逃不掉的！它眼中有残忍的恐惧。它狠狠咬住我的手臂。此时我才看出，这挣扎、吼叫、撕咬、蜷曲的东西是什么。是谁。我吃惊地松开。你，玉泉洞的孩子。你在我面前站起来，久久看着我。你的呼吸在多毛的胸口上急促而轻浅。我坐下来，我们就一样高了。我怀疑我的理智。我扔掉第一瓶伏特加，划出高高的弧线。你继续走了。用你毛茸茸的大脚。林子空起来，我们踏入无垠的白。你随我走进死亡吗，玉泉洞的孩子？你伴我而来？你一言不发。你在一块岩石边找到小小的藏身处。

[178] 我冷。你的身体异常温暖。你不需要伏特加。我紧紧抱住你说话，为了忘记寒冷。你的气味并不难闻。它很熟悉。我感觉不到

我的手指了。我说着，你看着我，好像你并不愚钝，好像你都明白。突然到了2亿5200万年前。热岩底辟冲破西伯利亚地幔。大地裂开深渊，千万年之久，从内部喷出熔融岩浆和气体。洪流玄武岩浩浩汤汤地铺展开来——西伯利亚地盾。地球首先陷入火山冬天。可很快，溢出的气体开始加热行星，先是一度，随即两度、三度、四度，很快就到五度。荒野绵延。巨大的海洋传送带，推动着水和热量环绕整个星球，也让它们壅塞不通、陷入停滞。世界的大海骤变为缺氧的淡汤。这已把大部分世间生命置于死地。可到了另一个临界点，另一个过程被启动，它几乎消灭了所有残存物种。地球历史上最宏大的集体死亡发生了。是贮藏在洋底的几十亿吨甲烷，那些微生物的排泄物，如今解禁而出，高压冲入大气。星球继续加热，更多甲烷释放出来，温度继续升高。食物链崩溃。差不多所有生命都从大地上消失了。你睡了，玉泉洞的孩子，深深地，沉沉地。我饿了，用重树枝杀死一只雪兔。血让我恶心，我把动物放在你身旁。然后走入莹莹闪烁的白。

一位天真的中世纪传教士甚至对我们讲述说，他在漫行天下、找寻人间天堂时，曾到达天空与大地交会的地平线，他还找到一个并未焊接的点，只要在穹窿下放低肩膀就能穿行而过。

海参崴，可恶的头痛。骷髅头，我想你。

一艘渡轮把我载过日本海。

5

[179] 你们想要个健康的人，想要他从容、稳妥、坚定吗？

那就把他藏入黑暗、懒散和浑噩中吧。

蒙田

倘若50亿年前，在银河内部，在靠近其中心那致密、湍回的区域，一颗怪异的恒星未曾爆炸，倘若这有着两万颗恒星之光的宇宙热核弹未曾通过它的震波压缩旋转的星际云、未曾把放射性尘埃的重元素散布其中，倘若星云并未在自身质量下随即坍塌，倘若它后来未曾作为太阳、踏上荒唐之旅、向银河外漂泊而去，倘若它未曾如此横穿星系的巨大旋臂，倘若它最终没有到达无比空旷的旋臂边缘区、没有落入它如今仍在其中的局部囊泡，倘若星尘的重元素未曾在太阳系内部凝聚为行星，倘若45亿年前与火星等大的微型行星忒亚未曾与原–地球相撞，倘若这次撞击未曾融化地球、未曾令其元素相混，倘若地球未曾吞并忒亚的铁核，倘若几十亿年来行星内部并非滚烫熔融，倘若大陆并未因此在其表面漂移，倘若月亮未曾在撞击中诞生，倘若取决于月亮的潮汐未曾亘古永世地减慢着地球的古怪自转，[180]倘若并未因此出现生命，倘若生命未曾在寒武纪创造出性和死以及万物相杀的战争，倘若很久之后，在地球诞生的热量推动下漂移的印度次大陆未曾撞击亚欧板块，倘若喜马拉雅和青藏高原并未因此向天空隆起几千米，倘若后患无穷的气候变化并未因之而起，倘若海平面未曾下沉200米，倘若地中海并未干涸盐湖盆地，倘若东非雨林并未大面积消失，倘若非洲的灵长类动物并未陷入巨大的演化压力，倘若东非裂谷实验室中反复无常的环境未曾选择人类这种颇有前途的怪物，那么这个太过冗长的句子就永远不会被写出，也不会被您读到。

所以，一个在此滔滔不绝的怪物说：要是另一种结果就好了。

灾难大概很早就开始了——自从细胞膜的演化，也就是说，自从内部和外部的确定。因为，前寒武纪海洋中的早期单细胞已经可以借助细胞壁上能区分开好和坏、食物和危险的感受器对刺激作出反应。这是反射性原始意识的最初形式，而漫无目的、错综复杂的演化之路将从此通向为人之我——最外缘的赘生物。接下来，是生物的军备竞赛，眼、嘴、爪、甲壳的演化，吃与被吃，突变，多样化，扩张和惨死，在争夺资源、栖地、性伴侣的斗争——这险恶、悖谬的力量游戏中，每种生物只能通过不断消灭他者以自保，以至于，[181] 叔本华写道，生的意志无一例外地反噬自身，其不同形态就是它自己的养料。

在我们熟悉的、可领悟的宇宙中，意识是一种年轻的现象。根据我们今天的知识，可以拟定出如下假说：宇宙的诞生，银河系、恒星、行星的形成，地球的大部分历史，生命的起源和数十亿年的演化——一切都无意识地发生了。没有人曾感知到这个过程。没有人曾体验或观察过它。它进行着，没有目光，没有知识，没有理念，仿佛在绵延不断的昏冥之中。它自发进行，清醒贯彻着自然的法则。意识，现象的体验，世界的显现，是一种年轻、偶然的边缘现象，阴差阳错，高等动物神经系统演化的副产品。自然在人身上睁开眼，发觉，它在。通过意识，自然得到了它能显现的舞台。它看着自己，吓得要死。还有什么？

在索福克勒斯的戏剧之末，当忒拜国王俄狄浦斯最后得知真相——乱伦和弑父，当他最终看到自己身处何境时，就自毁双眼，刺瞎认知的器官。他亲自夺走了光。不堪忍受的，并非他看到什么。不堪忍受的，是看到本身。

> 他摘下她身上/的金别针，轻轻地/摘去衣上的金别
> 针，/说着话，我们站在那，不知/他对谁说：不是对死
> 者，/亦非对我们——我们所有人只是听到：/"你们从
> 未看到，从未/看到，我做了什么，我受了什么苦，/从
> 未看到，我面前是谁，那你们就/也继续看入夜
> 吧。"——眼睛/他对他的眼睛说话，——然后举起/手，
> [182] 拿着别针的双手，/把别针刺入双眼/活着的眼，
> 直到血/从他的脸颊流下，流满整张脸。

兽，怎会发明出认知？

或者说：倘若6600万年前，白垩纪到第三纪的过渡阶
段，那颗约35亿吨重的小行星从地球身旁擦肩而过，今天
会有哪一种恐龙在东京市区无思无识地幸福吃草？

小行星在尤卡坦半岛北部的热带大陆架爆炸。几分钟
内，方圆上千千米的生命都被释放的热量、骇波和随即冲荡
开来的大浪悉数毁灭。赤灼的岩块被反重力地抛入太空，或
在接下来的数日里降落到地球的不同部分，点燃熊熊大火。

火山喷发，大海骤变为硫汤。大气昏黑下来，充斥着阳光无法透射的灰尘和气体。地球进入幽暗的冬天。对于大部分陆生和海洋生命，结果是致命的。恐龙统治了星球上的生命2亿多年。有些数吨之重、几十米之高，曾在漂移四散的超级大陆上沉重地行走；有些曾用翼幅宽至12米的翅膀飞过大海。它们全部沦为这场灾难及其后气候转变的牺牲品。只有若干兽脚亚目手盗龙类的小兽存活下来。它们的后代今天仍然存在。是我们的鸟。它们源于树栖爬行动物，不知何时[183]演变为树间跳跃者，也就是从腿演化出翅膀，并在千百万年间发展、完善出滑行和飞翔的艺术。

恐龙的灭绝在行星的生物圈撕开一个缺口。死亡和虚空主宰着生命曾在之处。新生的空间由此打开。到了边缘者的时代，那些直至彼时始终微不足道的陆生生命的时代。是哺乳动物。在矮小的哺乳动物里有一种生物，有朝一日，它们极富语言天赋的后代将把它们命名为炼狱猴，这并非取自基督教彼世的涤罪之所，而是化石的发掘地，美国蒙大拿的炼狱山。这些老鼠般大小的食虫兽是灵长类动物的先驱。它的确逃过了白垩纪–第三纪交界时地质的炼狱之火。几百万年后，从这些树栖者之中会出现一种直立行走、能说话和大屠杀的猴子，它们将会着手改造星球。

大型化，物理的超逾，在纯然的庞大中探求活下去的处方，这场实验已经以恐龙的形式持续了上亿年，却最终戛然而止。或许，如今已经到了新自然实验的时代：精神的大型化。

灵长动物的演化史在越来越冷、越来越贫瘠的世界背景中展开。几句话就能说明白：我们的星球冷却了5500万年。久已离别属于恐龙的无冰、湿热的地球中世纪。冰霜渗入曾生活过鳄鱼和飞狐猴的高纬地带。庞大的冰盖取代了南极温暖的雨林。热带雨林退回〔184〕赤道地区。生活空间缩小。物种大量消亡。发生了什么？

发展了数百万年的地质过程给地球带来冰。三叠纪末从超大陆冈瓦纳分离出来的印度板块，约5000万年前与亚欧板块相撞。冲击如此猛烈，竟使得地壳几千万年来风琴般向大气中隆起近9000米。喜马拉雅、喀喇昆仑、帕米尔和青藏高原诞生了。碰撞至今仍在继续。与此相似，太平洋板块同一时期俯冲到北美板块和南美纳兹卡板块之下。洛矶山脉和安第斯山脉拔地而起。阿尔卑斯山在非洲和亚欧大陆的撞击下诞生。大气与海洋循环因此剧变，高速气流转向，季风启动，大洋环流不得不另辟新路。

岩石处于永无休止的转化之中。可借用赫拉克利特的著名格言说，不可能两次攀登同一座山。每次都已是另一座。人们把矿物变形中最重要的一个过程称作风化。它是最宏大的碳循环：雨结合了大气中的二氧化碳，与地壳的岩石发生反应，分解它，把此次遭遇中结合的二氧化碳冲入大海，生物体使之析出成为它们的钙质栖地。它们死后沉降至深海，再被构造运动埋入地球内部，彼处的热量和压力又把气体再次释放出来，与岩浆一起从火山口重新逃入大气。上百万年的循环。

[185] 所以发生了什么？山脉的抬升运动把无数岩层暴露给风化。喜马拉雅山坡上的季风雨让分解作用变本加厉。结合大气温室气体的全球性机制开启了。气温下降。

4000万年前，南极大陆漂移到南极的位置。对于全球气候，这是件后效显著的大事。因为只有一块大陆历经上百万年、偶然滑入极地地区，巨大的冰盖才有可能出现。南极环流形成了，这巨大的、围绕南极的风与水的漩涡把南极洲热隔绝起来，也让地球继续冷下去。如此一来，自我强化的反馈开始上演。因为反照率定律说，冰会造出更多的冰。表面闪耀的白把太阳的热辐射反射回太空。您料到了，会越来越干燥，越来越寒冷。

在完美而稳定的世界中，一代代所见所处的是相同状况，气候稳定、始终可以预测，环境条件从不改变，群落就会在遗传上表现得慵懒而保守。久经考验的东西持存不变。反之，如果发生急剧骤变，生活世界会在极短时间内截然不同。倘若某一物种能够存活的栖地太大面积地消失，它就会灭绝——比如恐龙。然而，如果转变发生得没有那么迅疾、广泛，某物种的一部分在稍有改动的小栖地中存活下来，那么，几个偶然更好适应了新条件的突变就能演化出新形态。我们就来自这样的突变。

[186] 紧绷在两个由偶然驱动的过程之间——气候改变和基因突变——祸患于是一发不可收拾。当心：没有目标，没有方向！因为，演化自身根本不求复杂。不存在高级或低级的生命形式。只有成功的有机体和闪烁的幽幽鬼火，前者如几十亿年几乎未变的细菌，后者如人类。让复杂生物在星球上诞生的，不是趋向高级的运动，只是扩张。因为，只有当所有给定的生态龛都被占据，生命才会铤而走险闯入那些只有更复杂的身体装置才更可能幸存的复杂区域。

经历过高风险演化、只在赤道附近才幸免于难的灵长类动物数量锐减、饱受折磨，约2300万年前，它们之中已经出

现了属于人猿超科的无尾猴。它们把两个重要的成就带入不可
预见的未来：看到颜色的能力，亦即差异化感知和灵活的手关
节，这是当时前所未有的演化创新，它不只扩增了猴子们活动
的花样，此后能随心所欲地悬挂、晃荡、攀爬、抓取，更是让
它们的后代在几百万年后可能发展出一种新的与世界的关系，
去抓-握物品，把自己变成一种能制造工具和武器的动物。

创造新事物的，是跨境者。那些在果实的天堂安身、掌
管最好的树冠、日日饱腹的核心群体，迟钝、幸福、朽木难
雕。革新家反而是挨饿者、被逐者和弱小者，它们身处边
缘，[187] 存活在那里成了永久的斗争。只有在濒临绝灭的
阈值区，为了让生存轻松一点，突变才会被选择，新事物才
会诞生。气候骤变于是有了诗意的合理性：环境条件恶化
时，是从前的一无所有者和忍饥挨饿者把弱点转化为成功。
于是它们活了下来，而曾经坐拥果实天堂的群体则无助地惨
死于饥饿。我称之为弱者生存的原则。

于是，1亿6500万年前，大概就是这些跨境者，在栖地最
外层的边缘上，在极度的困境中获得了巨大优势，它们演化出
厚厚的牙齿珐琅质，这让他们此后能啃食树叶和坚果充饥，而
无需成熟的果实。是这些绝处逢生的艺术家，在第三纪中新世

由火山活动触发的短暂温和期，扩散到世界各处，从肯尼亚到纳米比亚，从伊比利亚半岛到东半球，此后他们各自分化，以开拓新生活空间的不同区段。红毛猩猩、长臂猿、黑猩猩和人，是第三纪中新世中期的猿类黄金时代仅有的幸存者。

因为，又是老调重弹：越来越寒冷。越来越干燥。栖地消失。物种绝灭。几个猿类的缩水群落在非洲和东南亚的热带活了下来。

细胞黏质霉盘基网柄菌（*Dictyostelium discoideum*）的特殊生命循环：该物种最初由独立的单细胞阿米巴构成，它们是居住在潮湿环境中的独行者，它们生长、分裂，以细菌和腐烂的植物为食，无思忘我地消磨着时间。只要环境条件不恶化，黏菌–阿米巴天堂般的状态，这种孑然一身的生活就会持续下去。如果出现干涸，[188]细菌的供给减少，阿米巴们就开始释放化学压力信号。这种分子的表达引发了一种值得注意的现象。一个个阿米巴奋力奔向化学呼救的源头，它们自己也开始发送同种信号。结果怪诞。个体聚结成黏腻的细胞团，由千百个单细胞构成的巨大的社会阿米巴。在如今这所谓的蛞蝓体阶段，社会集群开始在一层黏液上滑动，四处游移，寻找一块可利用的土地。一旦找到，这团怪物就定居下来，它伸出一根手指，把自己变成由茎和孢子盖组成

的子实体。在这一阶段，细胞群对干热并不敏感，它顽强坚
忍着，代谢其他食物来源，以防饿死。它在等更好的时机。
如果最后湿润条件再次到来，孢子就会发芽，放走成千上万
个单细胞阿米巴，后者则立刻四散开来，作为吞噬细菌者孤
身生活，直至下一次干涸。

人是猿类中的黏菌。为抵抗恶劣的环境，我们的祖先也
聚众抱团。为熬过不稳定的条件，他们也发展出极其复杂的
能力。人是没有特性的生物。他是通才。既不像南极企鹅那
样适应冰，也不像天堂鸟那样适应雨林或骆驼那样适应沙
漠，他不适应树木、洞穴、海岸或阿尔卑斯的山地。人最适
应的无异于变化本身。

1974年1月，在东非坦桑尼亚的坦噶尼喀湖边，黑猩猩
卡萨勒卡斯族群开始系统杀害卡哈马族群。[189] 敌对族群
曾是共同体。他们一起成长，分享食物，共同玩耍。如今，
他们开始相杀。南方的卡萨勒卡斯雄性出兵——队形紧凑，
密密匝匝，侵入邻邦领土，发现独自行动的卡哈马雄性，就
残忍地杀死他。随即爆发的侵略-毁灭战争持续了4年，最
后以卡哈马全族绝灭告终。先是雄性被有计划地隔绝、屠
戮，然后黑猩猩幼崽被杀，最后雌性被拖走、强暴。

研究黑猩猩许多年的珍妮·古道尔写道：

> 我不得不挣扎多年，才能接受这种认知。我常常在夜里醒来，脑中毫无防备地闪过画面——撒旦把手兜成碗状接在斯尼夫颌下，去喝他脸上的大伤口里汩汩涌出的血；素来良善的老鲁道夫爬上树，把 4 斤重的石头砸向戈迪斯伸展开的身体；耶梅奥从德斯的大腿上撕下一大块皮肤；菲甘一次次挥臂重击歌利亚受伤、颤抖的身体，那是他童年时的英雄……

我们最近的亲戚，与我们共享98.5%基因的黑猩猩，做得出通常只适用于人类的谋略性残忍行为：战争。

所以，在战略性集体屠杀中显现出来的，是服务于物种保护的领地行为？是演化给我们配置了一种代代相传的残忍程序？是基因的生存机器在争夺资源和性伴侣时的痉挛推动着人类的历史？

[190] 270 万年前，在太平洋和加勒比板块的撞击之下，巴拿马海峡闭合。由信风推动的温暖的大西洋水再也无法流入太平洋，堵截在加勒比海，被墨西哥湾加温，从此以

后——作为海湾暖流——向北流去，因此，更多的水在北方蒸发，降水随之增多，继而促进了阿拉斯加、格陵兰和北欧巨大冰盖的形成，最终导致北冰洋洋冰的形成：世界陷入第四纪更新世。此后至今的200万年以不稳定的波动气候为特征，冰期与较温暖的间冰期交替出现。

在非洲的热带雨林——我们祖先的家园中，随着干燥加剧，树冠逐渐破裂，开阔植被有了更多的空间。草原绵延开来。猿类只有三个物种熬过了气候的胡闹：大猩猩和黑猩猩发展出指背行走，从而把他们的生活空间永远限制在丛林中，人类却放弃了树冠上的生活。他在草原上站立起来。一个致命转折。

也许您已经注意到——我是说，在某些夜里清楚地感觉到，并因此陷入忧郁：地球不均匀地转动着。它在公转轨道上摇摇晃晃。向黄道面倾斜的地轴本身以大约26000年的规律性周期旋转着。人们把这个旋进期称作岁差。（请您想象一个陀螺，快速地绕着它的轴旋转，同时缓缓滚动。）地球的摇漾造成日射的季节及地理波动。它不仅对上一个百万年冷热期的交替负有部分责任，也参与影响了全球降水模式的敏感偏移。于是，[191]滂沱雨期与干旱期轮流出现在东非大裂谷——我们从中升起的地质深渊。伊甸园变成地狱又变回伊甸园。在东非地壳的断层里，在这罅缝之中，形成了大型的淡水湖，它灌满数百米的深水，又蒸发、干涸，再灌满、再消失，直至雨水使之重新泛滥。对湖内沉积物的研究表明，此过程发生在极为短暂的间隔期，地质上是可按秒计算的节奏。不到100年，盆地就可蓄满。逞凶肆虐的气候变化执行着人类的时间刻度，把我们的物种带入歧途。

是气候，是不确定，导致这毫无个性、流离失所、被赶下树的造物，演化出使他能未雨绸缪的器官，使他能有计划地思考，想象可能的世界，与风险、生态和社会的变化无常共同生存。结果，是马基雅维利的脑。因为，我们的脑专家说，正是社会交往，让我们的大脑皮层，让这几亿年前被远古鱼类当作嗅觉器官的大脑皮质（Cortex cerebri）长大、肿瘤般无度增生。人，是政治之子，是群居动物，他需要集体，为他提供保护、确保生存。然而，随后他就需要超尺寸的脑量，为了能在人这种猴子的群体中坚持下去，为了能熬过宗族的竞争和暗箭，不止思，还要三思他人所思，不止知，还要知他人所知，要能预料到他人自认所知之我，或他违心对第三者所述之关乎我的谎言。人类的移情，[192] 这种对利他行为和阴谋、对关怀和操纵一视同仁的繁复能力，是它的诞生，让我们迈入彼此间的复杂关系，让我们发明出爱情及其他种种奸诈的行刑方式。祖先的乌合导致心智竞赛，以及后来文明的保护带和暖箱。这是深渊的转移。要克服的外部世界愈是扑朔迷离，以此为己任的内在世界就必定愈是纷乱庞杂。

如何在敌对条件下生存？通过拇指的演化，是它才使得复杂的环境关系成为可能；通过直立行走，它允许我们远行、张望，在脊柱上平衡过度增生的脑，用空闲的手抓取、投掷、击打，用不再需要衔物的嘴巴说话和亲吻；通过食肉，唯有如此才能喂饱能量饥荒的寄生的脑；通过喉头的下降，它调制出差别化的语音，由此创造了发明语言的前提；通过脱去皮毛、发育汗腺，这让我们的身体在艰难的捕猎中冷却下来；通过掌控火，不但对抗寒冷，也能通过讲故事抵御忧愁；通过想象，设想纯粹的可能，通过语言和艺术分享内心的世界；通过无法言说的结絮与族群建设；通过传统——处理信息的全新形式，而亿万年来的地球史上唯有基因的链状分子保存着知识；通过制造工具和武器，它把人类变成没有利爪和獠牙的猛兽。"世界史不会由野蛮进入人道，"阿多诺写道，"却很可能从石弩通向巨型炸弹。"

[193] 我们的始祖培养出一种新的狩猎形式。它以目标

明确的群体攻击为必备前提。因为，唯有肉才能为疯长的脑提供充足的代谢营养，为获得这种珍贵的能量来源，祖先们必须铤而走险、承受匮乏。要在草原的暴露无余里守候，要击伤猎物，并常常追踪血迹数日之久。需要一种把折磨变得令人神往的古怪神经耦合，需要一种让人忘却饥渴、恐惧、疼痛和疲劳，反倒在狩猎经验中得到快感的酬劳机制：一种由睾酮、多巴胺及其他猎獗递质调配出的生化鸡尾酒。看到血，猎物求生的挣扎，动物的死，侥幸逃生的胜利和团体经验，这一切融为纵乐生活的缪妄合金，融为被神经狩猎网支配的心醉神迷。人性史的屠杀和迫害收获到：冥顽无智的乌合之众对残害的欲望；每个人都遗传到短路的可能，它会斩钉截铁地关闭额叶皮层的杀戮抑制。智人不仅是成功猎手的后代，更是主张暴力冲突的穷凶极恶之徒。然而，还有第二种或许能给人以希望的演化史叙事。这个更温和的版本说的是倭猩猩，除了会谋杀的黑猩猩，它们与我们亲缘关系最近。这些迷人的、以雌性主导其母系社会结构的猴子几乎不知暴力。它们通过一种快乐得多的途径化解紧张，也就是性，这枝枝杈杈、极情纵欲的狂欢。如果几群倭猩猩相遇，友好的交配就开始了。

[194] 两则来自古老东方的神话把人定义为中间体：被赋

予神的知识，却没有他们的不死性。在巴比伦神话中，神明伊亚之子亚达帕虽然继承了父亲的神知，却并未得到他的永生。他在捕鱼时被南风撕碎了网，为了复仇，他就用强大的咒语折断风神的翅膀。因此他必须去众神之王安努的宝座前为自己辩护。由于害怕惩罚和死亡，他不肯吃提供给他的菜肴。可他拒绝的是不死之食，诸神本想借此让亚达帕也成为他们的一员。既如此，他只能留在知识与死亡交汇处的尴尬状态。

在圣经的原罪神话中，亚当和夏娃从知识树上吃了果子，变得如上帝般有知。可他们还未吃生命树，就被逐出伊甸园。两则神话都把人类定义为知道太多、生命太少的动物。认知开启了对未来的了解，却无法支配它。人被分到致命嘉奖：他们可以是时间的居民，亦即向前展望的历史的唯一造物，却熬不过它。这是种无常。"幸福的天神，在光明里把一切看得清清楚楚！"马尔西利奥·费奇诺写道，"安全的动物，在黑暗里生活，对未来全然无知！战战兢兢的不幸人类，几乎在两者间的雾霭中游荡！"是关涉未来的不确定性，让人的内里如钟表般"无休"永动。奥古斯丁称之为心的不安："我们的心惶惶不安，直到它在你中安息。"

知识树的代价是灾难性的。知识造成一道鸿沟，一种开裂的可怕分离。它导致了天人合一的丧失。[195] 此后生命本身不再理所应当，不再像它对于简单存在着的动物那样天经地义。思考的猴子对自己疑虑重重。他变得怪异起来。他必须提问。为什么？他呼喊着，却无人作答。这是坠落之始。

不安之人以诡计应对。他发明了神。他成了柏拉图主义者。与世界失和、无法从自身推导出意义的他构想出天，那超验的理念世界，唯其如此他才能确认自己的合理。作为永恒的摹本。这繁琐伴言清楚地暴露出人类自欺的冲动。可脑，这认知亦妄想的器官，却中了自己的花招。

让-保罗的话已道出惊诧。在他的《已故基督在世界大厦上发言说，没有神》里，死人们在午夜墓园呼唤救世主的尸体。

> 基督！没有神？他回答：没有。我穿行世界，升入太阳，随银河飞过天空的荒漠；但没有神。我降落，直至存在投下阴影，我看入深渊呼喊：父，你在哪，但我只听到永恒的风暴。当我仰望不可测度的世界寻找神的眼睛，它们就用无底的空眼窝盯着我：永恒在混沌之上，蛀蚀它、反复咀嚼它。——继续尖叫吧，

刺耳的噪声，喊碎阴影；因为他不在！

　　西格蒙德·弗洛伊德在1917年一篇题为《心理分析的困难》的文章里辨析出三次侮辱——毋宁说是三个撼动了近代主体自恋的惊世时刻。第一次是哥白尼。他把人类——直至彼时仍是造物的巅峰和中心［196］——从宇宙中心驱逐到无关紧要的边缘。这是宇宙边缘化的侮辱。19世纪的达尔文革命第二次打击了智人的傲慢。此后，人非但不是神圣的特殊造物，反倒成了无毛的简鼻猴。不仅如此，还是动物的、黏糊糊的创世记的产物。最后，弗洛伊德把心理分析看作第三次严重侮辱的到来。我不再是"自己家里的主人"，而是无意识的奴隶。

　　我还想给这简短的恐怖清单加上几行：比如说，远在达尔文时代之前发现的深度时间。18世纪，乔治-路易·勒克莱尔·布封伯爵提出了一个放肆的理论，地球绝非我们从圣经上得知的那样6000年前由上帝创造，按他的计算，它其实已经存在74832年了，在他的同代人看来，这个时间跨度一定无法想象、狂妄至极，勃然大怒的索邦神学家们强令布封悔罪，收回他那让人们感觉到"阴森时间之幽暗深渊"的理论。布封的同代人会对几乎有140亿年的古老宇宙说些什么呢？如叔本华所言，星球上那思考着的"霉菌层"在自然

不可测量的空间与压人窒息的时长前不寒而栗。(想到地球
距最近的星系仙女座星云有 2500000 光年，我自己也受不
了。您呢?)"无尽空间的永恒的沉默让我惊骇，让我颤抖。"
帕斯卡写道。

或许对人类自负最傲慢的侮辱是 20 世纪初的洞见，智
人如此引以为豪的器官——在演化过程中膨胀的脑，无法想
象它不能把捉到宇宙的真实。[197]确切地说，物理之
真——不论太空的宏观领域，还是量子的微观范畴——不可
直观，因而显得令人恼怒地非逻辑。这是由爱因斯坦和普朗
克揭示奇耻大辱，自恋的才智完完全全针对、受限于人的尺
度，它无法想象寰宇的现实，就像西伯利亚泥坑里聋哑的阿
米巴无法想象全球的气候。

破坏力更强的种种洞见纷至沓来：系统论认为，我们在
按照群体法则行事；生态学认为，我们依赖于复杂的生态系
统；我们通过技术认识到自己是机器的过时版本和仆人；在
神经生物学看来，高高在上的我无非只是神经网的效果；目
的论则把我们通常所谓的进步揭穿为幻觉。

"自哥白尼以来，人越来越快地滚离中心——何所向?"
尼采写道，"向虚无? 向他虚无的穿透感?"快乐的科学，使
先人得以生存的知识，仍被古希腊人看作通往幸福之路的唯
一保证，却显现为洞察自身无力和偶然的工具。它将成为绝

望的科学。善、真、美暴露得恶且丑。我赞同的观点是，人类的宏大工程，那统御自然及知识无止境进步的普罗米修斯式工程，恰恰把人类推向他们自己的消亡。

在无数太阳系间闪烁的浩瀚太空的某个偏僻角落里，一颗星球上的聪明动物发明了认知。那是世界史上最傲慢、最虚幻的一分钟：然而只是一分钟。[198] 自然呼吸了几次后，星球冻僵，聪明的动物们只能死去。——可以杜撰这样的寓言，却仍不足以说明，人的智能在自然中多么可怜，多么惨淡易逝，多么无目的和随机。曾经的永恒里没有它；它再次消失时，永恒依旧。

尼采在此表达了一种清醒的洞见：从石头到意识，是一条死路。什么是人的精神？它是一连串灾难和偶然的结果，是一种漠然秩序的产物，人只是它所展开的冷静智能的容器。

戈雅说，理性入眠，生出怪物。并非如此，是理性本身创造出存在之畸，或至少置之于思考者眼前。思考，总是匆匆赶往它自己的溃散。

虚无主义——认知之果，也就是地球史本身的结果——海德格尔这样写："不只是一种历史现象，不只是一种出现在西方社会里与基督、人道、启蒙比肩的思潮。从其本质上想，虚无主义是西方历史的基本运动。它指示出如此深度，它的展开只能招致世界大难。"

世界大难来了。

可有真理或见识，能被我们整合入我们的自画像、整合到我们对真实的理解之中，却不伤害我们，或至少不让我们成为伪善者？

[199] 出丁理性，无法提出任何反对杀戮的根本论据。反倒是生命，一旦它意识到自己瞬息即逝的创造力就会反对知识，通过杀害、自毁或我们庸俗唯物的当下无条件献身的遗忘，抗拒死亡。纳粹高效的工业化屠杀，对几百万人最理智的灭绝，像生产汽车或收音机一样生产尸体，是知识本身的结果。是尼采式重估一切价值及生物主义与资本联合的结果。

怪诞在人类中苏醒。它是冷漠宇宙的自我认知，此中的自然里，个体之死服务于种属的持存。没有救赎，没有乌托邦，不论前后，这基本困境都无法超越。

知识不可救药。

1954年2月28日，美国工程师出于测试目的在比基尼环礁上点燃氢弹。爆炸强达1500万吨当量或难以置信的1000颗广岛原子弹的威力，它制造出上千米高、直耸入对流层顶的蘑菇云。一艘远远漂浮在太平洋上、名为第五福龙丸的日本渔船的全体船员被放射性尘埃严重辐射。船上的话务员几个月后死于放射性疾病。其他6位船员死于癌症。战后的日本无暇顾及民众的震怒，与美国的外交关系紧张。世界已被囚入冷战的牢笼。

广岛和长崎的集体创伤被再次激活，[200] 然而它很快就会在文化想象中得到新形象。为表现不可控者的恐怖，骇异的光影幻象，一个怪兽，被创造出来：《哥斯拉》。

这一年，借助当时鲜为人知的技术手段，一个象征核破坏力本身的形象被搬上荧幕。它在电影里是一头巨型恐龙，此物种已在海底洞穴中生存了亿万年之久，现在它们的生存空间却被举意殖民的灵长类动物的原子测试摧毁。这些无家可归、被放射污染的巨蜥被迫离开它们的海底帝国，闯入人类的生存空间。一些看似盲目的长镜头焚巢荡穴，试图呈现绝对的宏大、不可理解和不可控。东京一片废墟，陷入火海。自然灾害和人为灾害、虚构和历史在电影中合而为一。白垩纪的远古生物被用作隐喻。在《哥斯拉》里，人从自己的脸上看到了怪物。哥斯拉是存在之畸的象征。

人只能在同样非他莫属、颠倒认知的能力中找到安慰，在自欺和意义的发明里：在艺术之中。

［201］人的不幸，帕斯卡说，
　　源于没有能力待在家里。

也许我们会沉。船和一切。
　　渡轮毕竟叫复活节之梦。

我爱哥斯拉。

[202] 尚塔尔，用你对一切的蔑视，用你的恐惧，往下。从陡坡上，滚下去。尚塔尔。用你破破烂烂的衣服。用你撑大的旧靴子。用把你吓尿的对爱情的恐惧。用你对自己的憎恨——他揍了我，那个矮小、粗鲁的男人，而母亲看着。母亲看着。每一块血肿，都让我更深地埋葬了对人类的信仰。他打过来。多数在假日。麻木的男人。我能怎么复仇？除了思考，想象自己不存在，把自己想得透明，让他感到他多么无能，飞，飞走，飞入远远的天空，逃，逃得越来越高，越来越高，然后俯视他，这只虫子。现在它来了，玉泉洞的孩子，过去几年的痛苦，我们说，过去50年的痛苦。你笑了，侏儒？——尚塔尔，用你生不出孩子下身。用伏特加和尿的臭味。用你肉体和灵魂的问题。用你一丝不苟的破坏工作，用你每天锲而不舍的破坏工作。你毁了自己。系统地毁了自己。你清除了自己。你正走向彻底的瓦解。骷髅头，帮我。——皮埃尔-玛丽-居里大学，骨头，那是我的胜利，对父亲的早期胜利。但太早，或太迟了，因为来了缩头乌龟阿商贝先生，

[203] 兔子比斯托铎，公鸡勒柯克，还有不那么聪明的汉斯。大学的痛苦。比斯托铎，笨得像苍蝇，偷走我最好的想法，歪曲了它，因为他根本不懂，但仍拿到法国物理学会的奖，厉害，牛，科学的英雄。剑桥做博后时，终于意识到：精神越小，野心越大，出人头地的欲望越疯狂，手段越无耻，成功越壮观。万岁！要么发表，要么去死！榨干自己！剥削自己！抬高自己的身价！堕落！拉屎一样挤论文！别有大想法，要有大嘴巴！终于，H 指数排名上升，爬到学术梯子上头。终于上去了，终于满足了。可怕的教授职位，在维也纳这座狭隘愚蠢的城市，它杀了所有思考。杀了所有思考的乐趣。这里的每个想法都直达下一扇漂亮的门面。憎恨女人的人聚集在这，他们什么也想不出，但至少能吓跑思考的女人，这样就不再听她的。怎么毁灭，骨头？——尚塔尔。用你营养充足的胃溃疡。用你对年轻男孩的渴望。用你百无一用的爱情。用你的恐惧。骷髅头，帮我。骷髅头，你知道什么是恐惧吗？你知道如何逃离自己吗？如何摆脱自己？永永远远？

［204］现在，走过这段距离，所有屎都涌起来。

好像漫长痛苦的便秘将一下子解决。

　　　　很好。

　　此 时 我 有 了 种 可 笑 的 欲 望，

　　我尊重思想，因为他们是人的

　　作品，却不是人，因为它们

　　同样阴险、同样美、同样病态、

　　同样光辉熠熠，却不是人。

　　　　思维活动失控了。

　　　　思想和感觉——全都是分子。

　　一 种 古 怪 的 感 觉 袭 来

［205］我在这里做什么，骨头？什么？

我独身太久，一定是的。

骷髅头，我再也无法进入该死的现实。

对　生　活　。

我涂满这些纸页，就像

精神病人画满医院的墙。（对于我，文本

一定可以取代

你赤裸的身体，尤纳。）

不，我不会给你电话。

不，我不会给你写信。我该给你写什么？

不，我会登上最近的一班飞机，

飞向你，尤纳，来吧，不论什么。

啊，怎么了！

好　像　我　会　全　身　长　满　毛　发　。

[206] 生物学家托马斯·亨利·赫胥黎1860年发表了**永远打字的猴子原理**，它说的是，6只不死的猴子，纯粹随机地在不朽的打字机上敲击，难免会在无限时长中创作出莎士比亚的十四行诗甚或大英博物馆的所有藏书。这种想法可追溯至西塞罗的论述，他在《论神性》一书中幸灾乐祸地声称，谁认为我们的宇宙诞生于粒子的偶然撞击，也就一定能设想，若把无数金字母扔到地上，就会从中得到恩纽斯的《编年史》。亚里士多德写道，悲剧与喜剧由相同元素构成，都是字母表的24个字母。打字的猴子，也就是说，少数几个符号的无尽变化，将通往终极馆藏的乌托邦，通往天文学尺度、受控于随机性的非人类图书馆，这种荒唐的组合必会摧毁所有智能，因为它无所不包，因为，如博尔赫斯所写，在它令人眩晕的一排排架子上不仅含藏着巨细无遗的未来史，不仅罗列出准确数字、算出恒河水几番映照一只鹰的飞翔，不仅援引出数学家费马的最后一组数据以及1934年8月14日拂晓时博尔赫斯的残梦，最重要的是，它是由无穷无尽的杂音生成，一场噼里啪啦，一场无意义的、令人毛骨悚然的噪声，任何意义组合都岌岌可危，随时会被不计其数的废话湮没，就像湮没在妄言之神的谵语之中。

终会如此吗，骨头？

我在这里做什么？

[207] 我下定决心，找到你。

玉泉洞的孩子，你听到了吗？是的，

因为你，我才在这里。

否则为何？

青木原，自杀者之林，

坐落在富士山西南。

此地如此苍郁，如此单调，

也被称作Jukai［树海］。

不带罗盘进入，就会

无望地迷失。

树上，零星

钉有心灵愈疗的电话号码牌。

在丛林中，尸体

掩藏得很好。被发现的可能，

微乎其微。

我无非只是一捆混乱的想法，

束在薄薄的皮肤内。

如果它现在破裂呢？

[208] **东京**。对可居住空间肆无忌惮地开采。我什么也认不出。（多久了？25年？30年？）在这里，房子被如此迅速地建起又拆毁，城市显然每20年就彻底更新。（因此就像活的生物体。）所有建筑都是暂时的、相对的、易碎的，每种关联都是瞬间的游戏。城市的文雅空间是偶然的造物，是自然的奇观。城市规划的混乱似乎遵从着自相似的隐秘结构，每块碎片都包含着整体。于是，城市自动划分出数十个独立部分，每一部分都自在自为地呈现着整个地球的可怕繁芜，在小范围上它们却像形形色色的村庄般组织起来。每个地铁站都已自行构成城市的微观宇宙，城市中的城市中的城市，我甚至在一幢高楼中找到同一屋檐下同一街区的整个世界。反过来，每幢房子又被大量建筑交叠蔓生，它们让楼房消失在反复擦去重写的符号之后。在其间缠绕蜿蜒的是自然的替代品，那些金属-常青藤般铺设在地球上空的电话线和电线。东京的居民成了游牧者。流连在只能用来睡眠、更衣的狭仄住房和流光溢彩的都市幻觉之间，陷入悖谬，把所有生活转移向外，栖身于不断流转的城市结晶点，它们因此成为唯一的内部空间，吞掉了一切隐私。

我哭了，
先是巴赫，后来
因为电台司令。
我坐在六本木
恶心的星巴克里，
读你的邮件，尤纳。

［209］你说，

我总是鄙视你，

只因为

你试着对我好。

你说得对。

［210］**一个梦**。我躺在泳池边。尤纳要游泳，在脱衣服——我觉得他很帅。我几乎丧失了我的意识。我感知昏沉。一切都旋转起来。这时尤纳在我身上绊住，落入泳池。我远远地听见，其他人把他拉了出去。泳池是我的语言。我想我明白了，爱情透过语言的空隙降落。他们把气喘吁吁的尤纳拉出去。我有了另一个名字。一切都很远，他的感知好像也裹在棉花里。他们把他放在我身边，与我那么近。我们幽灵般感觉到彼此，因对方而平静。我悄悄说，我在地狱里。他点了点头。

我愿意，去爱。

[211] 到处长毛。我怕。整个下午我都站在酒店淋浴下刮毛。所有。1000 日元就能让人剃光我的头发。恶心的皮毛。造型的小伙子不敢相信。反复问了几次。我给他看患癌女人的照片，点了点头。他惊诧地让机器滑过我的脑袋。直到地面铺满我红色的角质丝。全都没了。我剃光了头，穿过一条条小巷，走入温泉，开放的浴场。我赤裸着，坐在日本女人们身旁的矮凳上，刷我的皮肤。我刷着，几乎出血。

小时候我窒息过。
我试图吸气，
却有什么东西
咔哒一声关住，
就像盖子。

[212] 穆齐尔在《无个性的人》中写道："于是我真的到了图书馆里最神圣的地方……我可以告诉你，我有种感觉，好像钻入头颅的最里面；四周只有满是书细胞的架子，到处都是能攀爬的梯子，搁架和桌子上只有目录和书目信息，这是知识的所有体液，哪的书都不适合阅读，只有一层层的书：闻起来简直就是脑内的磷……那个人要我独自待着，可我当然心绪古怪，我想说，不寒而栗；肃然起敬且不寒而栗。他猴子似的爬上梯子，冲向一册书，几乎已经在下面瞄准，就是这一本，把它取下来，说：我为您拿了一份书目的书目……是按字母排序的书名目录按字母排序的目录……可我及时抓住他的外套，紧紧不放。图书管理员先生，我大喊，您不能不说秘密就走，您在这——我冲动地说了疯人院，因为我突然有了这个念头——您在这疯人院怎么能安之若素！"

［213］东京。古物会。

有了一个线索，骨头，毕竟。这是第一个证据，说明我尚未完全失
智。我在神保町，书区，转了两个小时，高举地图，疯子似的，一再
绕过相同的楼群，一再经过相同的书店、相同的古董店，直到我精疲
力竭，在一条不显眼、弯弯曲曲的过道里发现了一块小牌子，毋宁说
是一块有考古社标志的生锈铁皮。我于是踏上昏黑的台阶。灯早就坏
了。敲门时，我有点眩晕，骨头。你在门后吗？的确，当年迈的档案
员，那个面如荒景的小男人，打开门，我刹那间相信，你会在的。穆
齐尔写，就像头颅的内里，你会对此说什么，骨头？一间房，塞满发
黄的卡片，直顶天花板，写着弯曲的日文符号。老人一个法文词也不
懂。他笑话我。古怪。我得弯下腰，因为他用手摸了摸我的光头。我

对他重复了你的名字，骷髅头，
他嘟囔着什么，沿破旧的梯子
爬上一个小格子。我认真地问
自己，谁会先垮掉，梯子还是
他。他抽出一只匣子，就像娃
娃的棺材，标签上：西博尔德
EN 47/6 玉泉洞之子。不，我
不是做梦。他跟跄着，沉浸在
自言自语里，把盒子端到一张
古老的长桌上，温柔地吹掉盖
子上的灰尘，打开它。盒子
空了。

［214］　你在哪，骷髅？

我需要你。

谁带走了你？

什么时候？

为什么？

毛茸又在我的皮肤、

在我的脑袋上，长出来，

骷髅头……

一切远而又远。

［215］我问自己，伊夫–阿兰还活着吗？

我很少自慰，

这让我怕。

我躺在
渐暗的
酒店房间。

脑是一种器官，它在想的是，它在想。

偏头痛。

[216] 利希滕贝格在他的草稿本中写道："有多少想法在我脑中四散浮动！某些一旦相遇组合，就会引致最伟大的发明。然而它们离得那么远，就像可以共同制作出火药的东印度石笋的哥斯拉硫和埃希斯菲尔德炭窑里的粉末。在火药之前，火药的各成分存在了多久！"

我等着，直到最后全部爆炸。

有时候可以在初到巴黎的日本游客身上观察到一种现象。人们称之为巴黎-综合征。刚到这座城市几个小时，游客们就会因幻觉、个性感觉的缺失、恐惧、眩晕、出汗和心跳过速而痛苦。这座城市的理想画面——通过多年来的媒体误导，已渗入这些容光焕发的游客内心，却与肮脏、恶臭的真实有着天壤之别，以至于他们脑中发生了短路。是坍塌，是幻觉的轰然崩溃。第一个反应是疯狂使用相机。照相，也是一种保护。触目惊心的真实可被逐入美丽的画框，这样被拍下，就像赶走了黑暗的魔鬼。

（我的相机已被换成臭烘烘的皮大衣和足量的伏特加，在新西伯利亚和伊尔库茨克之间的某处。

也不坏。）

[217] **神保町**。我在古玩店里翻找着。

是他，骨头！是她！在一部插图丰富的弥尔顿《失乐园》，一册论语言问题的黑格尔、《四部医典藏医唐卡》和《性与爱的哲学》（修订扩展版）之间：高祖母的百科**全书**！一本日文版，法文版（1879年）55000日元！（后一本）我立刻买了……好像我找到了自己。跑过大街，哭着。可笑。我不敢翻开书。

[218] 幼稚的东西！恶俗、可笑的货色！愚蠢得让人羞耻，已经把这本书两次扔到角落里。多愁善感的人道主义陈词滥调！絮叨着自由、爱、革命。我难受。最讨厌的是那种美化了的愚蠢乡愁，有时它竟会在阅读时向我袭来。我倒是可以生活在19世纪。恶心！分崩离析，病态的解构已经开始，潜滋暗长，在劫难逃。现代的魔鬼蛀蚀着这可怜的孩子。高祖母还在反抗。我则拥抱朽败。她要建构自己。我想消解自己。

祖母竟还有信仰，骨头

我决定，

绝食。

爱洛蒂。奶奶。她一定是波莱特的孙女。回忆涌现，仿佛显灵。Elodie，Melodie［爱洛蒂，梅洛蒂］。儿时的一首小诗不就是这样说的？她不是就有着未知世界的味道？我6岁的时候，她死了。当时我握着她的手。皱缩的，冰冷的手。她毫无恐惧。我想哭，她严肃地说，别哭，否则就把你送走。她说：有始者，必有终。然后她笑了。（我印象十分深刻。）她面容苍白，脸颊可怕地陷下去。我润了润她无血色的嘴唇。于是她停止了呼吸。此后，对于我，这就是死：呼吸的终点，交流的终点。她常给我讲故事。日一本，听起来多美。Elodie，Melodie。死亡结束了她的故事。

不可思议，不是吗?

[219] 家庭：未被寻求却与你捆绑着的人。
没有选择的团体。终生负担!
因为你只能通过家庭学习世界，
因为你别无他法，只能加入这阴谋。
幸运的孤儿!

在高祖母绕了半个世界经历的无数事件里，
在所有那些关键瞬间中，有一件最为致命：
让她的卵子受精。她真够蠢的，
居然在死前繁殖。
否则就不会有我。

[220]

罗兰·巴特建议，为了不在想象中戳穿现实，可以

[221]

在世上随便某地测绘一些线条并从这些线条中任意建造一个系统。人们可以把这个系统称作日本。

[222] 你在这，骨头！

海因里希已经在工人的帮助下花了差不多一个星期勘察、挖掘现场，在黑暗、狭窄、潮湿的暗道中工作，大概就像在地狱里吧。果然，他就那样，一小块一小块，像史前拼图游戏似的，挖出了一具人类骨骼的四肢，最后居然还有个骷髅头，当然，已经熔结、裹着厚厚的钙华。我毛骨悚然！海因里希称之为奇迹，兴奋得忘乎所以。他把那些骨骸叫作"玉泉洞的孩子"，因为它可能是个儿童，骨骼那么小，尤其是头颅。您的兄弟猜，这个纤瘦的小家伙可能是史前的障语者，也就是还不怎么会说话的猿人。他渐渐自负起来，得意洋洋地宣称我们发现了一位岛国的始祖！

我缩小了。

我全身都长出绒毛。骷髅头。

丑陋的绒毛。如同新生儿的胎毛。

一种猴子似的返祖。我变了。

我变成兽。不，变成你，骷髅头。

我相信，我变成了你。

我多么鄙视自然。

[223] 日本佛教的密宗，有种把自己木乃伊化的即身佛传统。为在现世之身中成佛，僧人斋戒千日。他仅以种子为食，喝含砷的水，坚持冥想和苦修。下一个千日他继续斋戒，只吃树皮，服用让他的身体干枯的漆叶茶。他呕吐，发汗，排尿。到这个时候，蛆虫已无法享用他。最后，冥想者——空余肤骨——跏趺而坐，被埋入3米深的地洞。活身葬入纯然的黑暗，仅以一根可供他呼吸的细竹管维持生命。每日一次，他摇响固定在线上的铃铛。铃铛最终声绝，竹管就会被取走。第三个千日后开坟。尸体不腐，木乃伊成，即入定。此后他会以永智之姿被陈列在寺庙里。他为何如此殉道？乔伊斯写：

历史是场噩梦，我愿从中醒来。

柏拉图的著名对话《斐多》描写了苏格拉底生命中的最后一晚。所有学生——独一人除外——都围聚在这位死犯身旁，与他展开最后一次哲学对话。缺谁？《斐多》里写：我想，柏拉图，病了。博尔赫斯称，它是这位古代大哲写过的最放肆的一句话。（这是柏拉图所有作品中唯一一处提到他自己。）作为不在场的证人，他叙述了老师的死。他不在。或他在？我想，柏拉图，病了。这句话中的我是谁？谁是柏拉图？

苏格拉底相信，只有从可憎的身体解放出来，灵魂才能沉入彻底的思考。

我想，尚塔尔，病了。

［224］思想会随宇宙消失。玻尔兹曼，因同代人无以言表的愚蠢而绝望上吊；居里，用她的镭元素研究毁灭了自己；图灵，被化学阉割，咬下毒苹果；哥德尔，因思考太严密精准而偏执成狂，怕被下毒，绝食而死。我可以感染一种朊病毒。一个致病的结晶蛋白会在我脑中把相邻的朊蛋白变成晶体，它们继续转变，如此不休，直至我的大脑完全疯癫，整体硬化成结晶结构，于是我因此而死。水晶头颅。（我惨淡的幽默让我恶心。）不，另一种方式浮现在我眼前，它只溶化掉身体组织，却保留着思考。（我对身体的憎恨有某种可怕的基督教的东西。）　　　　　　　　　　**我累了。**

我是一个自我指涉的变态

我愿意受苦。比如说，早上我总是选绿茶而不选喜欢得多的玄米茶。

爱的侮辱：
阿芙洛狄忒出世，
诸神为此设宴，
席间她生出厄洛斯。
在奥林波斯的扫帚间，
也许。

[225] **渡边。**高祖母书中的藏书票。我怎么会漏读？酒店前台翻译给我。渡边——之前藏书者的名字。下面是京都的一个地址。对此你说什么，骨头？那就出发吧！

我会找到你。玉泉洞的孩子。

东京—京都：火车上，一个年轻的日本女人坐在我身旁。整整两个小时她都在忙着她的脸。（连蓬帕杜夫人也会惊讶的。）伪装，一层又一层。遮瑕，睫毛膏，眼影。胭脂，又是胭脂。刷子，海绵，睫毛夹。没人看她忙忙碌碌。她变美了？她的大镜子似乎没有让她这样认为。她消失了？我问自己，我那种含混的关于自然的想法从何而来？在这里，我看到一场反自然之战。一场神经质的挣扎。求完美？求光滑？无毛孔的梦。她又涂了一层胭脂。镜子的掌控目光。她眼中是可怕的不安。

在每个有规模的动物园里，都有专门维系或首先培养本能（比如防御、养育、捕猎）的护工。这里对天性的养护已然是文明。

［226］我学日本女人，把我的脸
藏在白口罩后。

> 我从未爱上旅行，
> 在路上，听天由命。
> 也许因为摩擦，
> 也许因为纠缠的
> 肉体。我不想注意到，
> 我有一具身体。

我在哪，世上无人知晓。

我也认为，我老了。

[227] 京都：渡边先生。77岁。日本的罗曼语文学者，文学研究者，出色的艺术收藏家，怪人。当我第二次对他报出姓氏——也许他已经耳背了——他突然情绪失控，喘起粗气。我快速祈祷了一会儿，他可别心脏病发作。这个已被时代淘汰的人物不仅翻译了高祖母的《百科》，还自认为是布兰查德专家（讨厌的词），把我的到来归功于更高命运的安排。简言之：情况很诡异。他讲一口文雅的巴黎法语，用夜丘区的红酒（1996年的）招待我，这种酒，他言之凿凿地保证，我的奶奶爱洛蒂一定会喜欢。他就差跪倒在地、哇啦哇啦地唱几句马赛曲了。他的别墅在岚山，静谧的城郊地带，就在桂河岸边，充斥着艺术。墙上挂着明治和大正时期日本画家的作品。

渡边对我解释说，一如欧洲，尤其是法国的艺术家，19世纪晚期开始模仿日本绘画的技术、风格和主题，并从美学上吸收了他们，同样，在另一个方向上也发生了转移。不仅有欧洲的日本化，也同样有日本的欧化。他说，最让他感兴趣的，是一小批当真与新形式较劲的艺术家，他们努力适应陌生的材料，比如油彩或画布，或当时尚不为人知的构图、渲染以及奠基西方自然哲学的透视理论。[228] 桌子上方昏暗的展区悬挂着他收藏的珍品：日本画家高桥由一为波莱特·布兰查德所画的肖像，他曾7次在纸上用油彩尝试，这是其中第三幅。

他认识我们，骷髅头。他知道我们。

渡边十几岁的时候在他祖父的
图书室里找到了《我之百科》（日
译本）。他有点感伤地称之为"触
发事件"，再没有什么如此决定性
地影响了他的路。他开始以非同寻
常的狂热在一切法式物品里寻找快
感。他自学了这种语言，目标明
确，"靠近波莱特·布兰查德"。50
年代初他开始读萨特、穿法式内
衣。大学的学业顺理成章。他作为
年轻的大学生去了巴黎，在索邦大
学艺术与人文学院过了两个学期，
发现了苦艾酒和疯狂的爱，失去童

贞，和梅洛-庞蒂吸过烟，着手寻找《百科》的原作。没找
到。（当然，既无关苦艾酒，也不怪愚蠢的爱情。）让他惊讶
的是，法国没有人知道波莱特·布兰查德。于是他暗下决
心，有一天要"重构"出原作。（可能用了十几年。）事实
上，我读的那本——是源自日文的翻译！返译版，"新原
作"，如渡边所说。（尤纳一定会喜欢。）他指给我看末页，
最下缘，[229] 一行几乎看不见的小字，附注：*渡边春和重
构初版，京东/巴黎 1999！* 他的博士论文写的是《百科》的
版本历史及其在日本的接受。结果是长达十几年的学术之
争。一方是执著的日本罗曼语文学学者，以渡边为中心，另

一方以里昂的日本学教授乔治·佩莱蒂埃为中心，他顽固地怀疑，波莱特·布兰查德从未存在过——另外，这种责难与《百科》本身一样久远。发现波莱特在冰川里的尸体，是渡边的胜利。他不无尖刻地说："当时佩莱蒂埃已经死了。"（这个怪物甚至哈哈大笑起来。）

据渡边说，原作彻底消失的原因是——我看见，说到此处，他眼中闪出仇恨——波莱特的父亲、实业家谷伊·布兰查德早期的法律干预，他不仅以诽谤为由起诉了出版商路易斯·德·纽夫维尔，还发动第三共和国歧视妇女的保守分子随后抨击《百科》"不道德"——其中颇有几位名流。可真是妙：一如福楼拜的包法利、波德莱尔或龚古尔兄弟的部分作品，高祖母的文字也被谴责是"败坏好风尚""无良妇道、挑唆人心之作"！（听起来可不坏！）书籍尚未正式出版就被镇压下去！秘密抄本还流传了一段时间。最后在1902年销声匿迹。

渡边说，这场冷酷运动的真正原因当然是，谷伊·布兰查德害怕，如他亲笔在信中所写，他的女儿是个"下流的公社社员"，后来他还曾保护过她，此事一旦公开，他的名誉、他的事业甚至他的自由都会岌岌可危。渡边进一步放言说：高祖母——预料到将来之事——主动跳入冰隙。[230] 她自己结束了生命。迫害、监禁甚至更糟糕的事情威胁着她。尽管如此，她还是决定公开书稿。（我忍不住，又对她多了份好感。但我们不要夸大其词。）

故事继续着：她死后，雅克，我的曾祖父、波莱特的儿子，在巴黎他的阿姨家长大。19世纪末，年轻的他去了日本，他的生父大友哲雄仍在那生活。（显然已经再婚，这次是个乖巧驯顺的日本女人，这个懦弱的窝囊废。）雅克也许在行李中带了一部《百科》的复印本。抵日几个月后他就开始将其译为日语，可能在大友的帮助下。书大卖。除此之外，雅克鲜为人知。他留在日本，娶了一个叫富美子的女人，和她生了三个孩子。其中一个返回欧洲。就是爱洛蒂，我的奶奶。另两个留在日本。布兰查德按日语发音变成布罗西罗，后来是布西罗。最后的后代是某位布西罗哲史。渡边说，他已经失踪几年了。（可能是家族遗传。）

于是我问起你，玉泉洞的孩子。他第一次沉默下来。这个多话的人几乎有点恼羞成怒。为什么日本和欧洲的古生物学都忽略了这次当初轰动一时的发现？我这样问。渡边不知道。（他变得异常苍白。）他怀疑是岛上的传教士，"那个英国怪人芬克尔斯坦"。关于他，高祖母在信中只说过，他生活在"那霸港附近礁石上的破庙里"，对"达尔文的思想和我们的探险只有冷嘲热讽"。达尔文的《物种起源和人类由来》几年前刚刚面世，激起众愤。教会圈子自认为，他们不得不找机会攻击新的魔鬼教义。（比如说，首次发现的尼安德特人颅骨，[231] 被德国解剖学家奥古斯特·弗朗茨·约瑟夫·卡尔·迈耶，一位虔诚的基督教创世说的捍卫者，干脆描述为"得佝偻病的哥萨克人"！）是否有可能，离群索居、也许十分激进的传教士芬克尔斯坦，在19世纪70年代就把你毁掉了，骷髅头？那又怎么解释，你的骨头在古物会存档于西博尔德名下？我认为渡边的第二个猜测更有可能。动机更合理：科学竞争。与你的发现者海因里希·冯·西博尔德同时，美国考古学家爱德华·西尔维斯特·莫尔斯——竞争开创日本考古学的直接对手——也在勘探着他研究领域的处女地日本群岛。莫尔斯在他的著作中极力诋毁、嘲讽西博尔德是科学外行。骷髅头，是争名夺利和嫉妒，阻碍了你死后飞黄腾达？否则你早就该是化石界的超级明星？

渡边最后执意要给我看他收藏的碧姬·芭铎裸照。我谢绝了。

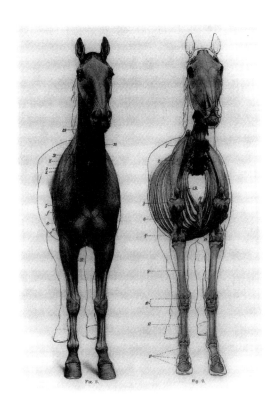

［232］1889年1月3日，尼采看到一个车夫无情地殴打他的驽马。他心痛不已，扑上去抱住马的脖子，嚎啕大哭。他在沙发上默默呆坐数日，随后永远陷入疯狂。

6

冷静观察：一切都在瓦解。热力学第二定律说，宇宙的混乱必然增加。总是在——您早已料到——坠落。

一个老实人，清晨来到办公室。他心情愉快。坐到办公桌旁，用他最喜欢的杯子为自己倒了一杯新煮的咖啡。按老习惯，他还加了一点牛奶。黑咖啡和白牛奶混合，不淡不浓。刚刚好。此过程不可逆。秩序——此处牛奶，彼处咖啡——永远丧失。棕色液体。在物理学中，不断增加的混乱的单位叫作熵。老实人毫无预感，打开一小包糖，不假思索地把内容物撒入杯中。糖分子高度整齐的晶格融化了，原子按照随机分布的原则扩散开来。此过程不可逆。秩序破灭。最后老实人喝下一大口。咖啡和蛋饼在他的胃里相遇，让他泛酸。熵不可遏制地发展下去。老实人抻平衬衫，开始工作，不然呢。这时文件夹从他手中滑落。意外事故。上百份保险合同散落在廉价的PVC地板上。老实人，是的，咒骂起来。他拣选分类。抵抗着漫散的碾轮。他抻平衬衫，喘着粗气。喝了一口。咖啡冷了。热气腾腾的液体与办公室清凉的空气构成的有序状态消失了。[234] 热力学说，温差趋向于自动取消。在一个短暂却明亮的瞬间，老实人顿悟到他的努力在本质上的徒然。他的手微微颤抖。最喜欢的杯子摔碎在地板上。神经一片空白。这位老实人，一个内心极度绝望的男人，打开窗。跳下去。在半空中，他想到他的账户。然后……此过程不可逆。达到了热力学平衡。

这或许也属于历史的辩证点：偏巧在 19 世纪，在乐观主义和狂热信仰进步的巅峰，人类获得了灭败规律在数学上的明确性。这要间接地归功于那些常常不明白自己做了什么的工程师。他们心无杂念地把某物安放入世界，一切将临之事，尤其是文明未来的代谢都将因之而彻底改变：蒸汽机。接下来，需要 19 世纪的敏锐物理学家开示出，把热能转化为机械工作的能力看似平凡，却暗藏着对宇宙的深刻洞见：时间的定向性，一切现存者不可避免的热寂，最后还有那个古老的秘密——世界上究竟为何存在秩序。

自此之后，人用技术革命反抗着灭败。他抗拒软弱，并用他孜孜不倦的劳动奋起迎击。理智，创造的才能，观察力——他们蔑视已有之物。他们说：我们未必要接受，我们可以干涉和改变。我们驯化了火对抗寒冷和黑暗。我们把长矛掷向饥饿。

［235］我们在疑虑中创造出新世界。

1991 年，在卡塔利那山脚下的亚利桑那沙漠，在神谕地和地球村之间尘土飞扬的路边，一个大胆的实验开始了。它是一次对生态系统基础理论的演练。如果把土壤、植物、动物和人置入密闭的玻璃罩下，阴险地任其自生自灭，会发生什么？这是在建造终极的生态容器，以模拟自然整体，或更准确地说：以复制地球。

为何不造一艘宇宙飞船，就像我们此前用来航行的那种？

有人说，20 世纪初，俄国地理学家和哲学家弗拉基米尔·伊万诺维奇·维尔纳茨基对空间的所作所为，相当于达尔文对时间的处理。达尔文证明了，在演化过程中，亦即在时间之内，所有生命都在按特定法则发展；维尔纳茨基则指出，所有生命都占据着物质上的同一个空间：生物圈。它是包裹着这个星球最外表的薄层，在其内部，生命才可能、才终于存在下来，一切生命都与之不可分割、息息相关。因为，维尔纳茨基说，人是完完全全无法独立的造物，他被营养和呼吸嵌入脆弱的物质能量环境，没有环境，他一分钟都活不了。

人们把宇航的技术核心称作生命支持系统，它首先为身体提供一种使他能在其中存活的、可呼吸的环境。我们终于认识到，在这对尘世生物荒寂不毛的太空中，我们是地球飞船上漫无目的的旅人。[236] 大气，这百万年来始终不可见、无形、几乎从未被我们注意过的背景，第一次成了剧中人。成为裹藏我们、保护我们的膜。可惜我们生来赤裸且愚蠢。我们没有飞船的操作说明。

由一位有着迁移梦想的德克萨斯石油大亨出资，第二个自然被建造、培育、设计出来，在亚利桑那索诺拉沙漠上未来主义的玻璃房里。人们称之为生物圈2号。它在一个物质上封闭的、超过20万立方米的空间内，由7个相连的生物区系构成：荒漠、雨林、海洋、草原、红树林、农业用地、人类栖地。生态学家、工程师、化学家、建筑学家、艺术家、心理学家、医学家、植物学家、生物学家、设计师、信息学家、物理学家、昆虫及气候研究者，共同参与了这场温室实验的规划。植物和动物品种被大肆淘汰、筛选、从世界各地运送而来，定居在并维系着这美丽的新世界。谁能登上这艘陆上演习的诺亚方舟？比如，法属圭亚那的白蚁和草，委内瑞拉的雨林植被，佛罗里达的红树，尤卡坦的珊瑚和章鱼，巴哈马的鱼，亚利桑那的工蜂，澳大利亚的长足捷蚁，西非矮羊，奥萨博岛猪，数千种微生物及真菌。人能够在何种条件下存在？

1968年，夏威夷大学的微生物学家克莱尔·福瑟姆做出重大发现。他无意中——正中趣闻轶事的下怀——把太平

洋的海水密封入一个瓶子。他动机不明。不管怎样，几周后
他检查时惊讶地发觉，在不透气的密封容器中，微观生命根
本没有结束。[237] 微生物，甚至小小的海蟹，反倒创造出
一个新的、自行组构和持存的小环境。生命适变且顽强。

生物圈2号的隔绝实验将在某种更宏大的尺度上挑战自
反馈调节的魔法。敏感物种智人的8个样本会被锁入玻璃罩
下密封两年，与爬虫和植被一同自生自灭。盖娅2.0必须建
构出一个物质上封闭、只对能量和信息流开放的系统，就像
我们的地球。这个人造的生命世界模型将会自主获取养料，
循环废物和水，通过光合作用和细胞呼吸稳定大气的混合气
体，而思考着的人的生物量只是其中的部分系统，简言之：
所有物质循环都自动调节并以此维系生命存在的基本条件。
大胆的想法。数十亿年间在行星情境中诞生的脆弱但高度复
杂的自反馈生态系统，真的有可能在玻璃罩下被复制出来
吗？搞出个美狄亚2.0，充满致病菌和孢子的大气噩梦，毒
气，生物总量过剩，大规模死亡，恶化的温室效应，最后一
切都变成绿色黏液或悲惨地窒息而亡，不是才更可信？

通常，人这个物种很少信任系统自我组织的可疑勾当，
怀疑复杂秩序能因之自行出现。他们反而真诚地相信规划、
控制的理性或其他神明。因此，玻璃房中模拟的自然关联绝
对不能放任自流。[238] 生物圈被紧绷在电、机械、化学、

热和水的地下世界表面，就像一层薄薄的有机皮肤。人们把这冥府称作技术圈。大量产自天然气的电能被从外界输入其中。电缆、管道、涡轮机、通风扇、造雾机、灭火装置、电脑和上千个传感器的密集网络执行着它们忙碌而隐蔽的工作：搅动空气和水，制造浪、风、雨，监控并操纵气压、温度、湿度、氧气和二氧化碳含量。这个泡沫世界的构造遵照着一种生态圈全能管理的愿景。

就让我们古老的地球母亲，生物圈1号，死于癌疮吧！我们物种在火星上的生命支持分店已准备就绪。

1991年9月26日，8位生物圈居民进入了美丽的新世界。气闸关闭。新陈代谢的游戏可以开始了。问题是：谁吃掉谁？谁形成共生？谁以谁的排泄物为食？这是一个群体数量动力学的实验室。安全起见，殷勤的生态圈管理者把过量的物种载入生命空间——多条猎人和猎物的复杂食物链。工程师称此原则为功能冗余。人们为持存系统的诸元素配置了奢侈的安全备份。空间和能量有限。谁适应得最好？一个物种的灭绝就是另一个物种繁衍的胜利。伊甸园也需要牺牲。按照那信誓旦旦的假说，这份有机饮料总有一天会自行稳定下来。

居住演练失败了。收获的粮食太少。结果是，饥荒在统治的灵长类动物中持续不断。蚂蚁蟑螂反倒成了这场大型游戏的赢家。[239] 它们爬行着、抽搐着，用其过剩的数量填满所有区系，得意洋洋地在玻璃房的硅胶密封圈上大快朵颐。所有授粉的昆虫都灭绝了。大多数脊椎动物落得同一个下场。一场不得已的屠杀消灭了奥萨博岛的猪，它们贪吃得可怕。生存竞争不懂悲悯。连空气的设计也失败了。二氧化碳含量剧烈波动、整体上升，技术极尽所能仍无法应对。在二氧化碳饱和的大气中纵情疯长的植物抢走了地面居住者的阳光。氧气神秘地流失了。16 个月后，空气中的氧含量降至 14.5%。这相当于地球大气 4000 米海拔高度上的气体比重。身体和心理症状显现出来。事实表明，这次实验没有考虑到的最重要因素是，人。他们的社会心理动力形成了自己的第八个生物区系。呼吸室的空气用尽。营养不良、缺氧、隔绝，导致了抑郁、妄想、幻觉，被压制的精神力量和回忆决堤爆发。封闭的生态机构内部堆积着一层又一层的精神疾病。微型社会崩溃。出现了一种新的自发秩序。最初和谐结盟的团体分裂为两个敌对小组。几乎不再有对话。在外的项目领导反应越来越专制，开始采取压制手段。媒体的丑闻报道做绝剩下的事情。结项被多次取消。两次从外部输入空气。泡沫破碎。

所有人都是我们生物圈的囚徒吗？

鬼针游蚁群体表现出一种值得注意的行为方式。单个行军蚁极其原始。[240] 它几乎是瞎的，大脑发育不全，服从简单的基因指令，主要对同类的化学信号作出反应。如果把几百只这种昆虫放在一个光滑平面上，它们就会一圈又一圈地在相同的绝望轨道中打转，直至力竭而亡。然而，倘若50万只聚结在一起，整个群落就会形成超级生物，一个表现出高度复杂、惊人智能行为的集体超我。扇形排列的蚁群穿行亚马孙森林掳掠逞凶，消灭所有与它们在森林地面上狭路相逢的活物及可食之物。富余品被工蚁在高效组织的通道上运走。队伍从千万成员彼此勾连的抽搐活桥上踩踏而过，行经最短路线，跨越一个个障碍和深渊。饕餮之后，蚁群的肉身再次自动形成营地，成团的蚂蚁耦合链结成强大的营房，其中最内部掩藏着幼虫和正在分娩的蚁后。发生这一切，没有任何指挥，没有命令或思想。没有规划的脑。从大量最简单的相互作用和行为机制中，竟然显现出任何参与者都无法略窥其貌或理解一二的复杂结构。身在其中的愚蠢行军蚁，却对它们的集体军事智能一无所知。

能在生物圈2号这个有机机械容器中观察到的，是耦合的非线性系统在危急状态下、在动荡和混乱中的抽搐。植物、微生物、动物、机械和气体、大脑中的神经元或是社会结构中的灵长类动物——它们在小规模结构上简单、却在数量上泛滥成灾的相互作用，导致了诸多宏观上不可预见的状况：[241] 温室气体的急剧波动，群落生物的数量骤然增长，幻觉，人群中敌对团体的形成，甚至整个物种的灭绝。复杂性理论的精辟老话说，整体，绝非部分之和。事实表明，这个整体，作为人工拼接物，极度不稳定。

一粒沙落在空荡荡的平面上。然后是第二粒，又一粒，如此无休。沙丘出现。这个小模型表现得看似线性。落下一粒，沙丘就增加一粒。直至20世纪，人们都认为，世界正是如此拼缀而成。简单，成比例，原则上可以计算。小因小果。然而，某个时候——无人知晓在哪一刻，沙山变得不稳定了。它陷入临界状态。一粒微不足道的沙落下来，系统崩溃。它彻底改变了行为。小因大果。物理学家把这种现象称作自组织临界。一粒沙落下，陡壁上触发沙崩。也许是几粒沙，也许是几百粒，或是几千粒。也许半座沙山塌陷。一粒沙和它的革命。世界上的种种关系即是如此。

若如热力学第二定律所说，万物衰败，熵增，不定形的糊状比形式可信得多，破碎比完整更合理，死比生更可能，我们怎会存在于一个复杂、有序的世界？我们称其为革命的过程，怎会违背物理定律、一次次创生出高度组织化的新结构？

[242] 或者，您并不认为自己是令人叹为观止的精密有

序状态?

物理学原则上区分两种秩序。第一种乏味无聊,是平衡状态下的秩序。一颗弹珠在碗中滚动,直到所有动能转化为摩擦的热。弹珠于是停下,保持势能最低的状态,在容器的最低点。很好。第二种秩序极为激动人心。它出现在远非热力学平衡的开放动态系统中。此种非平衡状态负责您的意识和您的免疫系统,负责白蚁的建筑群、犀牛、米歇尔·维勒贝克的小说和人类文明势不可挡的崩溃。

在他悲惨死去的前一天晚上,老实人躺在他,我们必须说,有点太小的浴缸里。没多久他就开始背痛,所以他拔开水塞,叹了口气,让自己躺了下去。结果,按照第二定律,有序状态——容器中肥皂水的浓度,转入无序状态。水通过管道流入阴沟。熵增。当释放的动能在某一点上集中起来,也就是在浴缸狭窄的出水口,某件值得关注的事情发生了。出现了一种新的动态秩序:旋转的空心涡流,这种由物质和能量构成的暂时稳态使物质和能量流平稳流动。水分子在涡流中的平均停留时间是几秒钟。从涡流原子的性质无法推导出这种秩序。也可能是另一种。出现的形式其实是某种不可预见的新事物。这是涌现现象。动态系统的一个玩笑。[243]老实人疲惫地起身,他吹着一首老歌的调子,用前妻的毛巾擦干了后背。

　　是衰落的运动本身，产生出——暂时的——秩序。

　　我们是物质和能量上开放、脆弱、无法独立的系统。我们开启了轰轰烈烈的分解运动以求自保。请您用您排泄物的腐臭对比炖兔肉、红酒或柠檬挞的美妙秩序。正是这些落差，让我们可以跑步、思考、写书、开战。从非平衡的动力中，形式才会出现。

　　我们吃掉的兔子，从何获取其内在高度的有序状态？从氧气和富含能量的生物分子，比如说胡萝卜或莴苣里。莴苣呢？从太阳，这所有尘世生命的秩序之源。并非如我们所想，太阳为生物圈提供的不是能量，而是低水平的熵。一如出水口的漩涡，地球是非平衡的开放动态系统。阳光高度有序的光子到达地表，温暖着它。被如此接受的能量再次离开地球进入太空时，冷而黑——以无序的红外辐射形式。地球吸收秩序、离弃无序。生命在此过程中淬炼而成。星球内部还在上演着第二个过程。它部分因起于45亿年前早期地球与原行星忒亚的碰撞，它使地心融化、让月亮诞生。时至今日，这件大事仍在滋养着地球内部的放射性衰变，[244]并以此方式推动地幔翻转、大陆漂移、地震及火山爆发——这些因熵的外流而出现的自然过程是生态圈的根本。我们肉体的复杂组织强行从溃败中脱身。我们通过寄生，得以在转瞬即逝的片刻呈现形式，推延无序的最后要素——死亡。在此期间我们是强悍的造熵者。我们排泄粪、尿、汗、二氧化碳、甲烷、热量、堆积成山的文明垃圾、空转的思想之烟和符号。

厄庇米修斯犯了错。诸神造出尘世万物后，轮到他为之分配特性。他给百兽以力量或速度，把这一种武装起来，让另一种有大量的后代。就这样，他合理分配了所有才能。然而，当他的兄弟普罗米修斯加入此事时，却发现了一种赤裸、弱小、毫无天赋的造物。厄庇米修斯忘了给它装配特性。它就是人。

为补偿失误、拯救这可怜的家伙，普罗米修斯从诸神处盗取出智慧和火，将其赠予人类。可是，诸神之父宙斯得知这次偷窃后勃然大怒。他不仅残忍地惩罚了普罗米修斯，还把黏土造的潘多拉派往人间，以此惩罚人类。在求知欲的驱使下，凡人打开了潘多拉作为礼物送给他们的禁盒。所有能想到的疾厄和痛苦从中一涌而出。恶遍布世间。只有希望——也许——是盒子里唯一的善。于是，非神亦非兽、有死且此后知死的人，竟被盲目的希望击中，开始了他们不可逆转的自我捍卫。他们的手段是技艺。（古希腊的 τέχνη［技艺］既指技术也意味着艺术。）

[245] 自打南方古猿终于在草原上直立为人，后者就注定是技术的造物。他是发明了认知的动物；是使用工具的简鼻猴。相对而言，他只发展出最初级的本能。他没有厚皮毛，没有甲壳，没有尖齿，没有利爪，没有翅膀，没有速度，力气衰弱。可怜的家伙。然而，他却在严格践行着普罗米修斯的计划。

祸患始于寄生脑的扩增。约 200 万年前，当人这个物种的大脑皮层开始——应答东非波动多变的气候状况——过度膨胀，当它的体积开始翻倍、再翻倍时，一个过程开始了，其毁灭性的后果直抵我们当下的化石核文明。这个昂贵、高息的器官只占体重的五十分之一，却消耗了所有代谢能量的四分之一，婴儿甚至加倍。寄生脑不知餍足的饥饿是我们至今仍未脱逃的陷阱。人类此后登台，非但不是飞黄腾达之果，反倒因起于一场牵缠到演化和技术发展的能量经营之灾。自始至终，我们的祖先都在以技术装备应对着自然的为非歹。人在困境中思考。代价高昂。只有两种高效的新能源可以满足扩张的大脑皮层：食肉和控制火。由新的捕猎方法和新武器开发出的大型野兽营养丰富的肉，对光和热的掌控，以及文明之技烹饪（营养来源因之极度扩展），导致了复杂性的升级。[246] 人类群体及马基雅维利之脑的非线性痉挛网络——脑内神经元相互作用的总和超过了宇宙的原子数——开始恣肆蔓生、不祥地蓬勃起来。

人类的社会能量代谢经历过三次深重的转变，每次都伴随着器官或社会复杂性的升级，此为其一。

过去地质年代中一次次演化的骤变，也要归功于生物能量经营的根本性革命——不论是元古宙时期多细胞生物的出现，还是寒武纪大爆炸时期种种形态迅疾而奢靡的绽放。真核细胞呼吸着氧，把这鸿蒙初辟时的剧毒气体当作高效的能源，生命正是因为这种演化能力才从持续了几十亿年的被动停滞状态中醒来。最终，6亿年前的寒武纪，也正是因为地球大气中氧含量急剧升高，为生命的新陈代谢注入了第一份推动力，生物圈的复杂性才得以轰轰烈烈地释放。

一些天真的人类学家宣称，智人这个物种约在7.4万年前首次遭受大难。当时天空昏黑，灰烬和硫磺颗粒在平流层回旋，全球气温陡降入无底之渊。热带及部分温带植被消失了，不计其数的物种随之终结，其中还有散布在亚洲各地的直立人。这些事件破坏力如此之强，动植物千年之后才会渐渐恢复。气候灾难的根源是印尼苏门答腊岛上多巴火山的大喷发，它使地球陷入了绵绵无期的火山冬天。[247]线粒体DNA分析显示，人类当时几乎绝灭。

灭顶之灾后，开始了幸存者的凯旋之旅，他们动身去占领、开拓那些草木重新萌动的广阔生存空间。我们所剩寥寥无几的祖先，那些在30—80个个体的无首群体中生活、流浪的猎人和采集者，离开了非洲。在上一个冰期，亚、欧、北美的部分陆地覆藏于冰下，海平面低于今天上百米，智人因此才有可能散布全球：横跨干涸的英吉利海峡直至不列颠诸岛，穿过巽他古陆通往印度尼西亚和澳大利亚，越过陆桥到达日本群岛，漫行白令陆桥至北美，再由此南转。晚更新世是气候瞬息万变的时期，其间典型的无常气候主要是北大西洋洋流模式波谲云诡的变幻所致。

我在深受卢梭影响的社会中长大，其观念是，自然状态的人生而良善，是社会让他变坏。年轻时去英国读书，进入一个被霍布斯塑造的文明，我才得知，事情反了，人性本恶，是社会阻止我们肆无忌惮地残杀。于是，在法国和英国，我分别学会，鄙视社会和人。

然而，很久以后，我们这个物种才真正首遭大难。不同氏族中的智人作为四处漂泊的群居动物，在整个星球上漫游了20多万年。偏偏在1万年前，这种模式开始发生急剧变化——［248］在4个互不相干的大陆上，几乎同时：富饶的新月地带，东南亚，中国，与世界其他地方全然隔绝的中美洲及秘鲁。为什么？

是一次气候变化，结束了无望的自然状态，拉开第二个灾难性转变的序幕。再次带来千年严寒的新仙女木期是冰河时代的最后一次回光返照，自此之后，气候不可思议地缓和下来。随即是一段地球鲜有的稳定的温暖期：全新世。它是让我们安身、让我们长胖的巢穴。后果严重的转折：人类放弃了游牧，把自己捆绑在大地，因为播种和收获，因为屋顶、谷仓和神话。新石器时代的革命迫使人与谷物、绵羊、山羊、牛和寄生虫进入了一种驯养与纠缠的共同演化。

农业的开启导致社会能量代谢的彻底转变：通过对太阳能的系统使用。猎人和采集者仅仅是去适应生物圈已有的太阳能流，从事农业的农夫则开始系统而有效地开采它。结果是可支配能量的盈余。也许，只是由于稳定的气候条件使太阳能可以被放心地使用，使之有可能以农产品的形式被贮藏起来，并分配到因此而壮大起来的人群中去。恶，一发而不可收。

对这段故事的愚蠢误读：定居文明的开始。人类屈服于难消化的谷物，他牺牲了自由，换来脏兮兮、硬邦邦的田间劳动和村里的闲谈，换来集体的负担，换来懒惰和财产、[249]统治和臣服、家园和异邦的谎言，换来城墙和战争、史诗和我们的愚蠢史。

怎会达到这第二次转变？通过人类规划性的远见和聪明的、太过聪明的塑造力？大概并非如此。定居前，发生了一场史前的过度屠杀，一场人类和气候联手攻袭大型野兽的闪电战。冰河末期上升的气温和人类的新狩猎技术，在短时间内彻底摧毁了狩猎采集者此前的生计：披毛犀、穴熊、巨型袋鼠、剑齿虎、猛犸象、大角鹿等许多物种从地球上消失了。第四纪的生物大灭绝把人类社会的能量代谢推入不稳定的危险点。易得的原料已被赶尽杀绝。系统陷入危机。崩溃了。猎人与采集者成功延续了百万余年的社会模式垮台，文化演化的实验期在震动之后旋即到来，这一次推动创新结果的是辛苦农耕的新能量系统，更远的后效则是我们今天全球化、技术武装的忧伤文明。能量——通过这：低熵——再次表明，它才是产生秩序的核心资源。

在著名的柏拉图对话《会饮》中，诗人阿里斯托芬为直立行走以及人的条件准备了一套非同寻常的解释。两足而立是神的惩罚。因为，开初时，凡人是四臂、四腿、四耳及两个生殖器的球体，他们在作恶造次之前——他们试图闯到天上去——并不是直立行走的，而是轮子般向前翻滚。他们是完整的圆球，却受到诸神惩罚而被劈裂，"就像剖开将被腌制的浆果［250］或是用头发切开鸡蛋"。（诸神是友善而活泼的家伙。）于是，在柏拉图的爱情论里，人成了渴望完整状态的阙如者，注定因自己的残缺而绝望。只有在爱情中，痛苦才能暂时减轻。进一步说，必须要有人群，去替代、模拟母亲的子宫，充当保护空间。人，是被厄庇米修斯遗忘的裸兽，他为自己建造出文化的保育箱：这过分妄想的泡沫。

大气层——来源于古希腊语的atmós［蒸汽］和sphaira［球体］——这全新世的温暖蒸汽球，是人类文明的生命支持系统。正是过去1万年间这稳定气候的蒸汽球，物质与精神才可能绽放出绿洲和风景，知识与结构才可能得到传承，如此这般经营能量、以他者之过剩为活（控制、思考、创造、安慰或杀戮）的社会才有可能出现盈余和分配，思考者的阶级才有可能诞生，他们虚构出新形式，在文字和数字中抽象、组合和贮藏信息，让无所不包的积累、让这个物种跨越上百个世代的集体工程得以实现。除了谷仓，还出现了知识的存储。

穴，巢，洞窟。动物之国也知晓建筑的掩蔽；鹿群、羊群和蜂群还知晓集体的护佑。唯有人这种裸兽，以层出不穷的工具和虚构对抗无力。统治最基本的合理性是庇护。技术和虚构则是它的手段。

［251］人类社会演化着。转变到农业模式后，是长达几千年的分化期。升高的太阳能流量导致人口数量猛增，导致了密集化和网络化，导致资源、信息和能量流动得越来越

快、越来越稠。总是同一种动力：一个个小部件集聚起来，解决着它们无法独自完成的问题。亿万个细胞连结起来构成神经系统，就可以感知更大维度上的世界结构，可以为之计算出有效的解决方案。神经系统再连结成氏族、部落、酋邦、城邦、帝国或其他奴役的外壳。它们创造出更宏大的协同结构，它再反向影响、限制个体的所作所为。一如漩涡的流动模式反向影响、限制着水分子。人们建造房屋，把活动界定在空间内。人们创造秩序，也就是创造出障碍和约束，以抵抗瓦解和熵。集聚的生物越多，资源压力就越大，竞争就越猖狂，分工就越复杂，碎片化就越明显，稳定和内聚机制就越奢侈，能量饥荒就越强烈，新问题就越棘手，创新就越急迫。一个炽热运行的螺旋。能量和复杂性就这样形成了彼此牵缠、自我强化的乖张回路。事实表明，最大的问题，诞生于问题的解决。

对抗社会离心力的手段是虚构。它蔑视熵，稳定着社会代谢的复杂编织结构。每个人类群体，每次集体行动，都基于某种愚蠢的虚构。[252]一个个效果强烈的故事，形成团聚起我们的粘合剂，它把我们推入梦幻，让我们忘记徒劳：宗教、国家、种族的、人道的、马克思的、技术的或不论哪种转世论，甚至就是虚构本身的金钱——它们是粘连着人类工程的符号糨糊。需要故事，把不平等合理化；需要故事，去支撑系统。没有我们符号世界这些想象、虚幻的泡沫，就不会有金字塔和艺术，不会有日本帝国或战争。

在地理图上，农业社会气象如锋面般铺散开来。

公元476年9月，曾效力于匈奴人阿提拉的日耳曼统帅奥多亚塞进驻西罗马的拉文纳，罢黜了皇帝罗穆路斯·奥古斯都，并将其流放至那不勒斯，罗马帝国灭亡了。这庞大世界帝国的欧洲原型几乎统治了整个地中海地区500余年，从葡萄牙到美索不达米亚，从苏格兰到努比亚，它曾在扩张的鼎盛期横跨三大洲，却沦为它自身无度哄抬的复杂性的牺牲品。代谢破产，榱栋崩折。为什么？

复杂隐藏着陷阱。因为，巨大的代谢成本会随之而来。靠太阳能流持存的帝国致力于扩张最大化，它以不断吞并新的领土、国库和资源，以　燃而尽的短暂代谢燃料为生，财富最初带来更多征服，更多征服带来更多的财富。然而，农业文明的模式［253］需要中心和外围之间的稳定平衡。依赖外省资源的中心，为维系、合法化自己的强权，必须通过持续基建、提供军事安全和司法保障、源源不断地供给食物及商品来牵制外围。一场昂贵的冒险。如何独自抵御日耳曼人、波斯人和匈奴人的侵袭，保护帝国那简直没有尽头的界墙？如何养活7000万人口？罗马帝国肆无忌惮地膨胀，伴随着军事和行政支出的升级。战争机器，瘫痪了；以一次性劫掠为主要来源而积累的代谢能量，断流了。尚存的，是维系庞大帝国结构的天价成本，而几个世纪以来，它只能由每年的农业盈余苦撑。如果无法一次性掠夺外邦的太阳能储备（谷仓、国库、人工制品、畜群），过度膨胀的帝国就只能通过可更新的能量种植园维持代谢。复杂性的代价太高。随着动荡恶性循环、愈演愈烈，危机期开始了。人口的急剧增长，土地的过度开发，越来越多的歉收，入侵的日耳曼部族，无利可图的战争，升级的军备消耗，外省的起义暴动，劫掠和叛变，货币的严重贬值，资本储备的大幅缩水，民众的贫困，干旱、饥荒、瘟疫，人口萎缩——崩溃已无法避免。危急状态中的系统，只需一个小小的干扰——一粒沙，就足以引发山崩。农业能量机制的界限，就是罗马的界限。罗马帝国在界墙上胀起的成功，注定了它的毁灭。

[254] 事实表明，维系复杂性渐增所必需的能量流一旦淤滞或干涸，文明就岌岌可危：气候变化，自然灾害，人口过剩，资源的过度利用，环境的破坏或消耗能量的战争。

世界能量守恒。自宇宙之始，它就不增不减。不论人如何努力，都无法生产或毁灭它。热力学第一定律如是说——相比于后继者，它受到了不公平的冷遇。可能量是什么？空洞的定义说，它是那种恒常不变的物理学量值。有些人宣称，它是做功的能力。不论如何，它都是一位：变形高手。作为引力势能，它启动了星系，让地球围绕太阳旋转，或把大气绑定在行星上。作为从太阳核能转变而成的电磁能，它再度吹动大气，生产出风，推动着水循环。植物把一部分到达地球的辐射存为化学能，我们的身体再将其变换为热能或动能，转化为体温或动作。

在历史最漫长的时间里，动物的机体是唯一能成就此事的机器：把能量转化为运动。也就是：功。因此，直至18世纪，为求能量存储的最大化，人不但开采大地，也压榨着身体。做功者主要是有机物燃烧所推动的农夫、奴隶和役畜的肌肉力量。虽然我们的祖先也会借助帆船、风磨、水磨利用大气圈和水圈的动能，[255]可如此调配的劳力既不可靠，也不能传送或贮存。所以，只有开垦耕田，把大片大片的土地转变为光合作用场，用燃料填充可做功的身体。人们砍伐森林，把它们变成农田。于是少了煮饭和取暖用的木柴。人们为此从大地中挖出了久为人知却不受欢迎的矿物：煤。人们越挖越深，直至地下水所在的矿层。灾难如箭在弦。它发生在欧亚文明带的最外缘，不是强大的奥斯曼帝国，也不是莫卧儿王朝的印度或德川的日本。它是外围的偶然事件，一个小发明，只为把水从英格兰中部的煤坑中抽出。机器精通一种将彻底改变世界的、炼金术式的阴谋：把热量转化为运动。化石时代开始了。

超现实主义者定义他们的美学纲领时，喜欢引用洛特雷阿蒙《马尔多罗之歌》里的一行，美被领悟为"一把雨伞和一台缝纫机在解剖台上的偶遇"。1785年，当织布机和蒸汽机在曼彻斯特城的工厂车间相逢时，在场之人或可感受到相似的战栗。那是个惊天动地的刹那，它释放出的力量将在随后的一个世纪里让地球面目全非。它不但冲毁农业文明的模式、从地表剥离出能量供给，不但导致杀气腾腾的全球失衡、西方的优势强权、不平等的加剧、世界的压制和瓜分、[256] 全球城市贫民的诞生，更是大规模侵害了星球生命保障系统自身的形态和结构。新的工业能量机制开启了世界的转变，开启了不可量测的贯朽粟红，开启了技术对自然的胜利——通过资本主义和帝国主义的现代手段：扩张与榨取。

在寄生脑的膨胀与农业演化之后，人类能量经营的第三次转变主要由自然在地理化学方面的胡作非为促成。它可以用压力和高温，把铺展在洋底的腐泥地毯、把这沉入地壳深处的大陆架微生物的恢宏墓地，病态地压缩成一种封存起数百万年阳光的物质：石油。

人类开始为自己的目的燃烧它。他偶遇到一种似乎用之不竭的能源，此后它却会淹没、吹胀、加速、震摇人类的开放系统。后果致命。世界人口爆炸。翻倍，再翻倍。从1900年的16亿到2000年的61亿。在此期间，石油的开采量增长了 18000%。21 世纪初，人类在一年之内用掉的煤和石油，地壳要花上 100 万年才能形成。

代谢的转变期是历史的不稳定点。出现了混乱和随机噪声，出现了政治、社会、经济的剧烈波动和断层，[257] 它们震荡、放大成随机力群，就像奔涌大河的湍流骇浪。结果是，一语成谶的，20 世纪。代谢高热运转。理智自我罢黜。工具理性拒斥着妨碍其目的的一切。兽性决堤。或许，与 5 亿 4300 万年前的过程不无相似——新能源自由氧引发的寒武纪大爆炸，导致了饕餮和捕猎的演化，导致肉身的武装，导致残暴的宣泄，以及同时发生的形式的汹涌绽放。

煤和石油的能量洪流，引发了两个半世纪的冲突升级和技术革新，构架与秩序白云苍狗，一段恍惚和挥霍、杀戮与扩军的时期因之到来。它标志着统治的转变——从非理性的信仰到无信仰世界中的非理性。古老的系统稳定装置，尤其是宗教叙事，日薄虞渊。新历史及随之而来的新轨道燃爆了荒诞的竞赛，有毒的传染性虚构炫奇争胜。

1859 年 8 月 27 日，由于鲸油和鲸蜡价格高昂，退休的列车员埃德温·德雷克在美国宾夕法尼亚州的泰特斯维尔地面钻孔，当他在区区 21 米深处探测到原油时，世界永远变了。美国巨大的石油储备将会给这个国家带来几乎持续一个

半世纪的霸权。接下来的几十年里，为争夺对复杂性至关重
要的新资源，竞赛爆发了。早期工业国的地理战略家们一清
二楚，能量的获取［258］将不仅带来金钱和权力，更有强
大的毁灭力。新的世界强权已经就位。血腥屠杀可以开始
了。两次世界大战均受控于有毒的虚构和石油。两次均展开
了一场场以化石燃料为基础、斥巨资于供给和运输物流、彻
底机动化的空战、海战和装甲战。两次也均因石油、这燃烧
时代最重要的资源而起：近东的石油，巴库和高加索石油，
德意志帝国不可或缺的罗马尼亚石油，太平洋战争期间推动
日本和美国暴力升级的亚洲石油。燃料保障对战争至关重
要，同样关键的是两种将从根本上决定未来世界走向的技
术：核能和计算机。二者均为脱缰的杀戮之子，均为失控复
杂性的表征和推动力。通过潜艇对英国油轮的针对性袭击，
德国国防军最初成功扼流，甚至险些切断协约国源自美国的
石油供应。此战术倘若成功，就会让希特勒大获全胜。挫败
计划的，是电机仪器，是怪物般的自动脑，有了它们，以艾
伦·图灵为首的密码分析师们才可能破译出德军高度机密的
战略无线通信，协约国的军事力量才可能得到保障。计算机
和石油成为了同盟者。希特勒在东线的巴库黑金之梦破碎
了。纳粹德国的燃料供应枯竭。坦克搁浅在俄国冰原，飞机
滞留于地面。在竞比不稳定的原子核衰变能量的残忍创新赛
中，德意志帝国也一败涂地。第一种向人类敞开的非太阳能
能源，一举高效杀灭25万人。［259］广岛和长崎炬为焦土。

工业谋杀生产出 7000 余万死者。

1930 年，弗洛伊德写道："在我看来，人类的命运问题是，他们文明的发展，能否、会在何种程度上，控制那些由人类的攻击欲和自我毁灭欲造成的共同生活的紊乱。"

美国动物行为学家约翰·卡尔宏在 1972 年设计了一个阴险的人口实验。他问，动物群体数量过剩时会如何反应？他那名为宇宙 25 号的实验方案，要在极其狭仄的空间内创建一个小鼠的乌托邦。优化的天堂房屋结构占地仅 2.5 米×2.5 米，高 1.5 米。这座有 256 间公寓房的微型膳宿楼配备奢华，投食处鼓如小山，有水槽、丰富的筑窝材料、利于社交的碰头区和舒适的空调。什么都不缺。除了无限的空间。

实验从 8 只白鼠开始。被置入笼中的它们，只需稍稍四顾，就知道自己身在啮齿动物的天国。它们开始愉快地交配。数量增长呈指数级别。每 55 天翻倍。它们无忧无虑，没有疾病，没有凶神恶煞的猫或下毒的捕鼠笼。物种典型的层级和社会模式成形。小鼠们生活优渥。11 个月后——此时群落已有约 600 个居民——增长速度减慢。达到了临界值。系统崩溃，新模式诞生。出现了 14 个自行隔离出去的统治精英圈，几百只被逐者随后拥挤在天堂笼的中心。[260] 精英氏族继续顽固壮大，越来越多的年轻雄鼠坠离社会秩序，过度的暴力在它们之中发作。它们是废黜者。能从咬断的尾巴、碎裂的皮毛和身体上的血痕辨认出来。它们结成抢劫的队伍，在建筑中游荡。为应对侵袭，失去保护的雌鼠攻击性越来越强，开始杀死自己的孩子。它们停止了生育，陷入愚蠢的行为模式或藏到建筑上层隐居起来。被驱逐的雄鼠中随后出现了过度的同性恋行为。由于精英们沉迷于繁殖，在6平方米的大乐土之内，白鼠数量增至2200只。社会结构终于坍塌。所有行为方式都退化了。老鼠变得冷漠，仿佛失魂丧魄。一个雄性空想家的新阶层横空出世。卡尔宏称之为美丽鼠。这些自恋者失去了繁衍的兴趣，它们退回住处，以吃、睡和没完没了的梳理皮毛打发时间。此外，它们因匪夷所思的愚蠢异常显眼。这些养尊处优的啮齿动物，身体健康，与世隔绝，死于精神之死。这群衰靡的白鼠彻底终止了繁殖。个别的新生儿被瞬间咬死。宇宙25号的第1789天，这个小乌托邦的最后居民在饫甘餍肥中死去。卡尔宏的宇宙26号接踵而至。

俄国地质学家、生物圈理论家弗拉基米尔·伊万诺维奇·维尔纳茨基追踪的问题是，全人类的质量与地球相比根本就微不足道，他们怎会发展成如此独一无二的整体？他问，单这一个物种，怎可能彻头彻尾地丈量、占据、编织着整个地球？维尔纳茨基答道：重要性不在于量，而是 [261] 他们的灵智。灵智支配着它所栖居的脆弱球体，维尔纳茨基为之找到一个概念：Noosphäre [灵智圈]。Noö，是古希腊语的

"灵"。维尔纳茨基把灵智圈的出现描述为演化的突破，其意义可与人类的诞生相媲美。按这位地质学家的说法，我们正处于地球历史的新纪元，未来保罗·克鲁岑将称之为人类世，亦即那个人类本身成为地质力量的时代。灵智圈，是被思维穿透和改变的生物圈。人可以也必将彻底改革、创建他的生活领域。他在周遭缔造出一个非自然的技术世界，没有它，他将赤裸无援、难以为生。一个技术−文明的人造子宫，一个他终于能在其中活下去的泡沫。灵智圈，那层因我们种种官能的延展而包覆住整个地球的宇宙膜。网。仿佛世界的技术之脑，一张无处不在、无所不包的思维与创造之网。

它是我们的乌托邦。

房屋是皮肤的拓展，剑和锤子是手的延长，炸弹是剑的膨胀，轮子是脚的展延，文字是记忆的外化，显微镜和望远镜拓宽了眼睛，蒸汽机取代了肌肉，道路扩大了血管网，计算机成为脑的表达，模拟是机械的想象，万维网成为星球的中心神经系统。地球的技术圈重达30余兆吨。人在何种条件下才会存活？

在小说《八十天环游世界》中，儒勒·凡尔纳把地球缩水成可通行的资本内室。[262]书里令人难忘地描写了最短时间内燃烧化石的地球环航，然而对于1872年的富绅士斐利亚·福格，这无非只是技术取胜时空的一次古怪赌注。当热气腾腾的蒸汽船在横穿大西洋的航行中用尽煤炭储备时，开足马力继续飞驰的资本家福格让人烧掉了船体。黑烟在烟囱上腾空升起，船内设施则被碎成劈柴，驾驶室和客舱、船员房、辅桥、桅杆、横桁和橡木、舷栏杆，甚至船尾的护板、大部分甲板，都被拆毁、锯断、劈碎，添入永远喂不饱的锅炉，以维持最大的蒸汽压力。凡尔纳创作出我们这个时代的画像：饥饿、呼啸、自噬的机器。

请您对比原油复杂的有机分子与单调废气化学上的平庸。纵火成癖的文明即以此沦丧为食。我们兴高采烈的圈养场因这坠落而闪烁、躁动。不同于其他以太阳能流为食的自然把流散之熵以无序热量的形式释放入冰冷的太空，纵火的人把文明的垃圾填埋在全球生物圈之内。他让自己脱离了主流，在火上烹煮着他自己的小汤羹，不可避免的结果是，燃烧的残渣积聚成山，作为熵堆场的球状生命支持系统烟炱遍布。事实表明，大气层有记忆。它尤其忘不掉从早期工业时代的烟囱中升起的烟尘。自然曾被扩张的文明视作无限负重、取之不竭的外部，如今却显然成为另一种可能：一种敏感的、更适合作垃圾堆的可悲内部空间。

[263] 多少热辐射在我们星球的表面找到了它们的入口？又有多少再次离开？这两个问题的答案是我们称作全球气候的东西。日复一日，地球吸收着紫外辐射形式的太阳

能。又用远红外波把热量辐射回宇宙。若非如此，地球就会被无限加热，所有生命都会在短时间内毁灭殆尽。主要有三重因素决定着能量的收支：太阳多变的光强，随云层、冰盖、森林和大陆分布而变化的地表反射能力，最后是大气层的温室气体。在地球的历史过程中，它们以种种能想到的组合方式塑造着我们的地球。水蒸气、二氧化碳、臭氧、甲烷等，是吸热的气体，它们虽然会被短波的太阳辐射穿透，却吸收着从地球反射回太空的远红外线并将一部分重新送回地表。它们保持着温暖。就像夜里盖在身上的被毯。

自19世纪中叶以来，全球温度不断升高。极其精细、复杂的地球系统，稳妥地应对着那些被星球跨越亿万年沉降、贮藏在地壳中，如今却因人类的纵火游戏在短短200年间释放出来、排入大气的过量二氧化碳。在人类世，支配地球状况的既非追求和谐的地母盖娅，也不是杀子的美狄亚。一个新角色登场了，管理生态圈的发迹者：普罗米修斯。

人是有火的裸兽。是嗜火的动物。（"我不是人，"尼采写道，"我是炸药。"）

[264] 在自然的游戏中，人类自以为优越的灵智只是粗野的半吊子。他是恶拙的理论家。最重要的是，他是劣等的系统从业者。他当然无法摧毁或伤害气候。根本不可能。还

能怎样？他要改变它。他早已下手。因为全新世气候的稳定，人类文明才得以绽放。在这第一个生态龛里，在这意外、精密、玄乎其玄的泡沫里，该物种才可能定居、存活、开始他们的复杂性实验。如今，嗜火兽毁了这个泡沫。仅此而已。他破坏了这种短暂的——1万多年、难以置信的稳定的非平衡。他把动态系统送入不可预知的、即将骤变的危急状态。蠢到无以复加。成效会自行强化、放大。马上就会越过临界点。越暖，就会有越多温室气体从西伯利亚或北极的海洋沉积物逃逸。温室气体逃逸越多，就会越暖。这些过程，将带来据我们所知无法与人之此在协调的变化。干旱、极端天气、缺水、冰盖融化、海平面升高、海岸地区和所有岛国洪水泛滥、亿万人迁移、整个农业系统崩溃、资源战、城市荒芜、物种灭绝。无知的边界就是排放之限。

　　西罗马帝国亡于过度膨胀。劫掠性侵征一了百了的代谢投入，使它复杂性升级、领土不断扩大。攻伐一旦停止，它就——在危机的停滞期后——因如今维持帝国复杂性的巨大代谢成本轰然坍塌。[265] 前几个世纪的嗜火文明孜孜不倦地追随着罗马帝国的模式。它也把自己献身给一种不知餍足的最大化。它也通过一了百了的代谢投入、肆意开采过往时代沉积的太阳能矿床，为无尽的扩张煽风点火。然而，储备枯竭。地球上汹涌油田的出油率下跌。毫不留情。年复一年。与此同时，文明对能量胃口剧增。单凭算数，就将至劣态。以虎视眈眈、飞速扩大的缺口形式。那泛滥着廉价能量的资本机器，那喘息着、蒸腾着、被交联成整体的星球技术库，耗尽了廉价的生机。燃烧的发动机磕磕绊绊。

从重力和迷宫囚牢中解放出来的伊卡洛斯，用他的父亲、巧匠代达罗斯制作的翅膀飞上天空。这是超越物理学定律和人类界限的胜利。地球的重力被克服。无限性在他面前展开。他在高空陷入迷狂。飞得越来越高。直至过于接近太阳，用蜡和鸟羽黏出的翅膀融化。他坠入萨摩斯附近的大海，死了。

伊卡洛斯是一台自身分裂的、未成年的强大机器。

智人之脑是自我欺骗的高效装置。精神的幻想机器拥有一种惊人能力，可以把工业化存在的根本矛盾压抑下去——亦即那乏味却后果严重的事实：在有限的球面上不可能无限扩张。演化曾以相同答案应对着所有问题，即数量增多和自我提升，[266]然而，当酒神式的自噬文明在物质或精神上膨胀到需要若干个地球时，成功了几百万年的策略就达到了它的界限。

想象一棵高耸入云的大树。为简单起见，我们叫它知识树。它是一种非同寻常的植物，因为它不仅高大无比

（哲学家们争论了几百年，它到底是否不可测、无限高，抑或在某处有最终的界限），还结有殊形诡色的果实。人们称之为理念。某个夏娃或亚当来了，摘下第一枚果子。它沉沉低垂，饱满多汁。她的孩子也以同样低垂的思想果腹。然而曾孙们就已经需要用先祖们的知识造梯去获取新见识。他们的后代又继续造出扶栏、塔、滑车。这不只是出于求知欲，更是迫不得已，因为他们早已离不开树上的果子，他们希望从中得到答案，去解决早期收获带来的种种问题。可理念越来越复杂、越来越隐晦。认知者必须越建越高，直入天际，他们必须在越来越庞大的团队中协作，他们的技术和认知方法越来越奢侈，他们要看一看他们的宇宙，因为低矮区域早已被摘空。为薅夺植物的新知，很快就需要氧气面罩、宇航服、超大型收割机和自主思考的强大装置。成本升高到不可计数。如今这些收割短工们动用了他们能利用的所有劳动力、原料和知识资源，以继续抽取对生存至关重要的源泉。再次上树生活、早已看不清地面的民众，[267] 死于精疲力竭。

鉴于宇宙无法想象的久远和浩瀚，原则上依照物理学定律可存在的一切，极有可能的确存在着，而费米悖论的谜团是，人类怎会至今不遇外星智慧的蛛丝马迹？或者，一如物理学家恩利克·费米所言：他们都在哪儿？最可能的答案说，有智慧的生命形式，从某一复杂度起，就倾向于自我毁灭。

边际收益剧减。系统不稳定，崩溃。没什么能逃过第二定律。熵有着最后的发言权。始终在下坡——您早就发觉了。

1977年，人类向广袤的宇宙发射出他们迷惘无措的存在证明，他们自负地希望，遥远的某一天，它会被智慧生物找到、破译出来。如今，在历时几十年、跋涉数十亿千米后，外壳上带有镀金铜唱片的旅行者-空间探测器已到达太阳系的边缘。在不可预见的未来，这两艘离开宇宙的偏僻生境、在星际空间中流离失所飘荡了上百万年的探测器，或将是唯一留存的人工制品。一份古怪的人类遗产和帮助外星解码的说明被一同刻录在著名的旅行者金唱片上。它们被构想成能在太空辐射和星尘粒子的碰撞下至少挺过5亿年的时间胶囊。这两张地球最佳唱片上有模拟编码的图形，比如说优美的人类生殖器或泰姬陵，[268]也收录了格伦·古尔德演奏的巴赫赋格、查克·贝里扯动电吉他的声响、嘴巴的亲吻、鬣狗的嗥叫、汹涌的海浪、翻滚的泥泡、用55种地球语言说出的愚蠢问候，以及一个位至联合国秘书长的奥地利老纳粹的讲话，关于星际的和平与友谊，他终于要永远聒噪下去。

为什么死守着人？

[269] 鹿儿岛–那霸（冲绳）渡轮

　　　　　　　　　　　　　　船摇摇晃晃。我吐了。

　　"作为科学家和人道主义者，您相信这个终将
成功统治自然的人类工程、相信这个永恒胜利的故
事吗？"
　　"不。"

　　一位头发艳红的德国女游客哽咽着给我讲了兔岛，大久
野岛。在太平洋战争期间，这个曾高度机密、被从地图上抹
去的微型岛被日本用来生产毒气。朝鲜劳工被迫在那里用兔
子测试氢氰酸、芥子气和光气，后来日本特种部队731以之
毒杀了成千上万的中国人。今天，岛上除了一座有高尔夫球
场的奢华温泉酒店，已空无一人。兔子完全挤满了它，1945
年后，它们没有了天敌和毒气杀手，就愉快地繁殖起来。埃
迪特给我看了照片，那是她和兔子相处的幸福时光。

日本兔子岛

船上的公共寝室：日本酒鬼，
忧郁的流氓。整夜他们都在上蹿下跳，打嗝，
叫春。次日早上，蠢货深深地鞠躬，
羞愧地嘟囔着抱歉的废话。

［270］余重：47公斤。

租了车。想要辆小的，他们却给了我

豪华贵宾车。全是高科技，恐怖。我问了三遍。

不，没钥匙，发动直接踩油门。

这东西还会飞吗？可恶的左舵！

30分钟后第一条划痕。该死的破烂！

我买了松下牌的电动脱毛机，剃了几个小时。

［271］**冲绳世界**。于是我到了这，骨头。你的石灰岩洞，你的坟墓：玉泉洞。你在这里躺了多久，骷髅？1万年？10万年？没什么能让人想起你。没有纪念碑，没有指示牌，没有你的荣誉龛，没有脏兮兮的纸箱。什么都没有。反倒是消费的寺庙，狡诈的家庭体验园。戴着彩色小帽子的旅游团。钟乳洞被彩光灯照亮。为情绪元素。（这提高了购物欲。）障碍道穿过没完没了的新商店。3D电影，与哈布毒蛇合影，和服租借，鱼足疗。然后才是免税大厅。我绝望得几乎想抓起一瓶泡着蛇的烧酒，攻击那个兼职耍蛇的女人。

按佛教教义，

此在的三个特性之一是：

苦（ku，Leiden）

［272］我变得越来越小。

一切都纠缠起来，骷髅头。一切都有意义。
你的出现，高祖母的出现，动身离开。如今我在这
里。什么都不纠缠。
什么都没有意义。

无我（muga，Nicht-Ich）

余白之美（*yohaku-no-bi*）。
欧洲艺术亦知否定的美学。
马拉美的诗从 page blanche［空白页］，
从空白页的沉默中浮现。
约翰·凯奇的音乐
包含着静寂。
日本美学中有
Yohaku-no-bi 的概念：
余白之美。
未言者，空处，
画布上的白
才使美可被经验。

[273]（我们设想一下，没有进步。我们设想一下，所有人类无非只是蹒跚着走下去。我们设想一下，我们所谓的、我们学会了盲目信仰的民主和自由，早已是空壳。我们设想一下，考虑到那早已被置于边缘的世界，人们沉陷入麻木和冷漠。我们设想一下，我们的现实只是宏大的压抑，一场掩饰我们真实境况的闹剧。）

我试图忘掉自己。

［274］我与附近发掘地点的考古学家谈话。

我向他们问起你。

他们笑了。

如果真理是空间中的一点，
如果我是空间中的一点，
我在梦里想，那条通向真理的路
我已经走了　半，
还有另一半要走。如果
现在走过这另一半的一半，
就还有另一半的另一半要走。

[275] 藤村！

我立刻出发，骨头！

就这样，

离真理越来越近，

它却永远无法到达，

因为剩下的路总还有一半。

[276] 他还活着，骷髅头！（根本没坐牢。）心理有病，隐居在福岛的南相马。但慢慢地。五杯泡盛（米酒）后，一言不发的考古学家终于打开话匣子。也是时候了！我听了一堂简短的日本当代考古学史引论。听好了，骨头！是70年代的建筑热潮推动了日本的考古研究。挖掘机让历史的往昔重见天日。人们匆匆收集。当时的共识：直到旧石器时代晚期，日本才有人居住，最多3.5万年前。人们推翻了这种猜测。基于一系列惊天动地的发现。发现的石器更古远。它们不断变老。5万年！10万年！1993年，研究者在东北部宫城县的遗址上高森发现了石制工具，从地层（主要是火山灰层）判断，老到可怕的50万年！这片土地陷入了石器时代热。发现地点被宣布为历史遗址，拨出了巨额研究款，游客纷纷涌来此地朝圣。燧石吉祥物和猿人-物件已经准备好。远古大事可以开始了。媒体热情贲张。（日本终于有了文化优越和独源的证据。）不仅发现了早期宗教和文化的惊人征兆，更是地球上已知最古老的居所。有一位考古学家尤其占尽风头：藤村新一。不久后人们称他为 Kami no te ［上帝之手］。他参与了180多次挖

掘，［277］几乎所有重大发现都有他的功劳。2000年11月5日，星期日，一声巨响。《每日新闻》报公开了一组照片，上帝之手藤村在一处挖掘地把石器埋入地下，以便几日后在同一地点重新挖出，将其作为轰动发现（该地层几乎有70万年）展现给世界。日本公众目瞪口呆。事实表明，过去10年几乎所有发现都是造假。藤村，失魂落魄，声称魔鬼蛊惑了他。日本的旧石器时代研究作罢。一块块碎片被收回。我要找到这个藤村。

[278] 深夜1:30，到达一个黑漆漆的空车站，城外，街对面开着一个小茶馆。酒鬼在我身边转。我想了下，是否要在这里住宿。然后逃进了出租车。司机打开音乐，呼啸着穿过幽暗的风景。我在一家名为Loverooms [情人屋] 的酒店里过了夜。粉色的小房间，顶扇尺寸过大。

我缩小了。

［279］一个穿着轮滑鞋的小男孩坐到我身边，靠近过来，我想，他不觉得那么孤独了。

余重：44公斤。

处处长毛。

我能在大丑中找到小小的美。

[280] 我在海边找到他，渔港附近。一个佝偻的、苍白到皮肤里的身影：藤村。他眼神空洞地望着大海。骨头，我把你的素描给他看，他大吃一惊，仿佛突然想起昨夜的噩梦。然后他笑了，就像一个孱弱的老人那样。他的牙齿很不好。他说："我已在恭候您了。"（我怀疑是渡边。）蓝桶里有几条鱼。他请我去家里。他的妻子煮了鱼汤。我仍然消受不了海物。房子很朴素。妻子鞠了十几次躬，没说一句话。汤让我恶心，但我没表现出来。你本应是巅峰，玉泉洞的孩子。藤村的空前之作。日本的骄傲。他偶然读到《百科》里提到你的那一段，骨头。于是有了这个念头。他说：就像神启。他做了调查。制定了详细计划。他首先联系到渡边："您想让您的书出名吗？"他委托一名合得来的艺术家，画出（参考阿尔法南方古猿）你令人发指的素描，骷髅头。他把一份寄到我爸爸的地址（在他给我之前，它已尘封了十几年）。不久后，《每日新闻》刊出那篇证明他有罪的文章。藤村最伟大的方案永远都无法实现了。说起你，他的脸令人憎恶地变了形。（我也是。）某一刻我问起你的骨头。他把它从古物会偷了出来。不重要的出土物，如他所说。几千年前冲进了洞里。不值一提。然后他取出你。在我面前展开。可笑，我知道。但我幸福得发抖。藤村说："我想为我的国家效力。赋予它身份和骄傲。"他把你的手臂赠送给我，骷髅。告别是友好的。

[281]

啊，骨头！

[282] 南相马，日本，2011年3月10日

尤纳：

我在哪，做什么，是否仍是我——这一切都不重要。

也许你还记得我的机器梦？那时候我和你说，我想在气候模型里消失。这对于我，比你想得更严肃。我想塑造我自己，把自己写进一个抽象的世界模型。我想创造一个虚拟的、没有身体的复制品。以这种方式化掉自己。我会把自己客观化，同时思考着解体，直到我只剩一个公式。会出现一个系统，看起来像我，行为像我。于我而言，一个无生命的克隆。一层无意识的薄膜。对我自己的报复。（纳西斯瞥见他水池中的倒影，落水而亡。）

我开始创建集合：一页丑陋、私密的数据，我在上面登记了我所听闻的我，真真假假的记忆、报告、诽谤、档案的马赛克，部分是叙说，部分是梦幻，或是多少古怪感觉到的东西；幼年的事件，猥琐的行为，路，日常活动，笔记，信，购物单，旋律，梦，淫荡的想象，翻烂的书里的引文，恋物癖的对象描写。我记录着：身体的屈辱和狂喜时刻，空洞的只是，偶尔的胜利和不计其数的失败，断裂、崩溃和矛盾，倾注和创伤。

当然没有出路。我记录再多，也还是太少。数据不足的

问题。不是一定要无穷无尽地搜集？可另一方面，[283] 单纯搜集大量数据不就会流于无意义的喧嚣？一部以实验报告式的严谨记录生命的每一个疯狂细节、一部不止千百页而是无穷无尽的完整传记，不是将彻底错过一个人？是的，它会。自我并非僵化的特性与事件之和。它非物。它是过程。一种递归模式。一段始终自我杜撰的、讲述自己的故事。那个儿时住在龙街的小公寓、被父亲打得鼻青脸肿的尚塔尔，和那个在巴黎第六大学读书、神魂颠倒地爱上一位想当革命家的白痴女学生，有关系吗？卡里姆死后她还是她吗？这道伤还在她体内？她由这些创伤构成？还是说，创伤一次又一次消灭了她？

要找到模式，把不可概观的纷繁简化为主要的线条、机制和乖谬。我在手记中寻找着它们。简单的规则、本质。几笔线条的肖像。几句话的传记。妄图从一个优雅的公式推导出整场无意义的生命抽搐、混乱的嘤嘤嗡嗡。我之内，是否存在某种于变异和变形中循环往复的模式，就像在气候系统里那样？是否可能，把数学建模的方法用在我自己身上？我能把自己描述为方程系统吗？把非物质的精神运动形式化，我们说，就像水的复杂流体力学？

我称之为死亡-方程。我求问我愚痴存在中的常量，它则是第一个答案。倘若我之我是一首巴赫的赋格（旧梦），

引入乐曲，在不同声部、调子、变奏和对位中重复的主题
应是什么？或许是某种病态的渴望，一种寻求消散的冲动，
不是迟钝的毁灭，而是诡谲的净化，一种无政府的、反对
身体［284］和生命的超越倾向。（有人问过小女孩的我，
想要成为什么，我绝对认真地说：一朵云。）死冲动-方程
是一个微小但重要的成果。我又相信了我的计划。接下来
我设计算法。转手写程序码：一种算法类似于叔本华所谓
的意志，一种是秩序化的阿波罗动力，一种是狄俄尼索斯
动力，离心、追求过度和消散。爱神厄洛斯-算法把我带入
绝望。

　　另一个问题是外部世界。这个我并非单子。（虽然我憎
恶这句话。）它不是孤岛。（也许你此刻欢呼起来。）它开放，
多孔。它全是孔，它舔着。它总已是另一个。它只出现在中
间状态。我吃，拉。我喝，出汗，排尿。我呼入，呼出。我
读，写。（用一种我生而入其内、始终超越我、囚禁我的语
言。）我被陌生人大吼。我从邮局得到警告。下雨，我就湿
了。我满是陌生的想法和陌生的器官。总是有什么影响着
我，总有什么钻入我太薄的皮肤，总发生意外。我们所有
人，都是怎样的乱七八糟啊，尤纳！最内里，是外在的积
聚。一种摇曳、无常、充斥着悖谬的关系。多孔的黏团。它
是地狱。

如何把无限复杂的世界翻译成复杂性有限的模型？怎样在我的模型中再现这种向内渗透的轰鸣？以一种抽象的简化形式，以之为一系列参数化的效果。这就是我在尝试的东西。

我让我设计的模型夜里——秘密地——在研究所的超级计算机上运行。你要相信，我的心跳了。[285] 人们称之为维度的诅咒。哪怕仅仅在近似的数字模拟中——太多不可知的因素生效——计算开支也呈指数级增长。不可能估算出来。太复杂了。（可如果试验成功，岂不是更糟？）我几乎已经忍不了简化的我。我可以复制自己的想法，恍如噩梦。一个被囚禁在程序里的尚塔尔，一定会随时行凶。

我放弃了这个念头。毋宁说：我转而极端地限制它。我打定主意，只模拟一件事；不是一生，没有未来，只是一件事。它是什么，也许你猜到了吧？你当然想到了：是你，尤纳。或更准确地说：与你的相遇。我想要参悟。我想明白，为什么我之所是的这个系统，要用惊骇和消散应对爱情事件。

我开始写一个极简宇宙。它应该仅由两个元素构成：我和你。首先，要建造你的模型，把你翻译成编码。（或许，你之于我，本就是某种没有肉身的存在。）我感到轻松。终于忘了我自己，哪怕只有片刻。我很兴奋，数夜无眠。我觉得自己有点放肆，不论如何都很变态。你知道柯科施卡的娃娃吗？我想，这个故事你甚至亲自给我讲过？那位表现主义艺术家被他的致命女人阿尔玛·马勒-韦费尔甩掉，情人做了一个真人大小的阿尔玛-娃娃替代情人。他委托的是慕尼黑制作娃娃的赫尔米娜·莫斯，给了她大量材料和精微至极的细节说明："对于我十分重要的平面、凹涡、皱纹。"柯科施卡第一眼看到这个人造的女人时，极度失望。他的评论：破布壳子！在他看来，任务完成得粗糙寒酸，根本不符合他的情爱想象。然而，他还是试着把她融入他的日常。他邀请客人喝茶，[286]让沉默的情人坐在沙发上加入社交，他同她每日开车出游，带她出门听歌剧。最重要的是：她成了柯科施卡的模特。他成百上千次地画她。强迫了一段时间后，他却决定，毁掉娃娃。她彻底耗散了他的激情。他举办了一次有室内音乐的香槟节，让她最后一次盛装出席，黎明时在花园里毁掉了这个布娃娃。

我陷入美的问题。（我还能用哪种范畴描述你对我的影响？）我荒唐地想到，可以只用一个情爱方程表达你。一旦找到，我就会观察它，如同观察一具美丽的身体。我会立刻对它产生欲望。我会爱上这个方程的念头。

庞加莱写道："科学家探索自然，并不因其有用；探索，是因为自然迷住了他，迷住他，是因为它美。倘若自然不美，就不配任何知识，如果自然不值得被认知，生命就不值得被活过。当然，我所说的不是挑起官能欲望的美，不是特点和现象的美；这种美，我并不鄙夷，反而看重，然而它与科学无关。我说的是更深层的美，那种源自诸多部分的和谐秩序、可以被纯粹理性所领悟的美。"

也许，我把自己搞得很可笑。然而，每次遇见你，我感到的眩晕、迷惑、幸福、无名的恐惧，此前仅有一次：学到狄拉克方程的时候。若无一字可用，就一字不用的狄拉克。让人舒服的寡言忧郁之人。人们说狄拉克：没有上帝，狄拉克是他的先知。他全心投入的理念是，丑的，一定错。众所周知，基于这种信念，他尝试把量子理论[287]和广义相对论统一起来。结果是一个独一无二的方程，它简短却摄人心魄，足以描述时空中每个电子的行为。我毛骨悚然。狄拉克坐在写字台前，思考着洞彻宇宙。他的方法：忘记现象不可救药的混乱。用数学的语言寻找美和简单。找到了，就立刻把它用于世界。狄拉克发觉，唯有当宇宙截然不同于人们此前的设想，当它不仅由物质构成，更有等量的反物质、有对现存之物的否定，他那绝美的方程才会成真。（他用狄拉克的海的迷人景象说明他的想法，他把真空描绘为无垠的负能量粒子之海，其

孔洞必将是反粒子。）人们以为他疯了。4年后，实验找到
狄拉克曾用数学预言过的反电子。他获得诺贝尔奖。因为
这一种最伟大的现代科学知识。他在心智里推导出此前无
人知晓，甚至无人料到的半个宇宙。通过思考。通过找
寻美。

　　我的尤纳-方程，也一定要有如此效果。（你知道我的
谦虚。）我想最终对你公平。世界的哪一种特性，物理学的
哪一种基本定律，是我们所谓的美？我的第一个假说是：
对称。我们将其定义为不变之变。（围绕任意轴旋转一个完
美的球体，在空间或时间中推移它，它永远呈现相同画
面。）自然定律高度对称。大爆炸后最初的几个刹那，宇宙
也处于高度对称的状态。然而，我们会以完美的球体为美
吗？大概不会。打破对称，才会出现形式。比如说，相对
于对称的水，雪花晶体仅仅镜像对称及旋转对称，[288]
却因此无可匹敌地纷繁、动人。新生命诞生，旋转对称的
卵子在外形上就坍塌了，发生了分化。最初对称的胚胎细
胞变成不对称的皮肤细胞、神经细胞、血细胞。它们结合
成依然接近镜像对称的人形，有两个外观相同的半身。他
的一切都成双、成镜像，两眼、两耳、两个鼻孔、两个内
弯的大脚趾。独一无二者，位于正中。晶体、蝴蝶、八爪
鱼、蕨类植物、花朵，自然清单上的万物均为旋转或镜像
对称或遵循着分形的标度对称。无数建筑、机械、艺术品

亦然。（艺术是自然的人工延续。）我的第二个更成熟的假说认为：我们所谓的美，隐约预兆着绝对对称。美是一种过度，并非本就无聊的完美。完满只需赞叹。美却渴望着需救赎的、该死的不完满。它让我们感觉到破裂、否定，却同时因失落对称的微妙存在而得到和解。你的面容，尤纳，看起来完美、匀称。就像来自晴朗的梦。嘴唇、颧骨、细窄的鼻子、几乎透明的眼睛、高高的额头、浅浅的金发。要第二眼，才能看出其中的破碎：你那有点狡黠的稍稍歪斜的嘴角，左颊发暗的色素沉着，不安的眼睛。你的脸，真的有可能完全碎掉。你整个空灵的身体都会折断。在我眼前，它会开始闪烁、溶化。甚至你的性器官，那让你如此莫测、让你非男非女的对称，有时候也会打破，进入非此即彼的方向。（你赤条条地躺在沙发上，伸展着，粗鲁地张开腿，我就只看到那个男人。）唯有在这破碎的状态，你的美才完全绽放。它以那无法忍受的张力为生。美的，并非你的身体。而是在你的身体中得到表达的美的理念，在你活动的方式中，或是你单纯地站在那里，笑，思考，制作艺术。[289] 你的投入，你的悲伤，你观察我的宽容。你的全部本质，都是艺术。

也就是说，我试着用代码编写这一切。我想宣布：我成功了。我坐着，在研究所里，办公桌旁，看着屏幕上闪烁的符号，感觉到了。柏拉图在《斐多》里写：看到美的刹那，灵魂惊骇，颤抖起来。

有纯数学的领域；有应用数学的领域（理论物理）；自打约翰·冯·诺依曼造出第一台电脑——数学有了自我运用的第三个领域。数字在模拟中长成生命。约翰·凯奇曾说，世间万物皆有灵，使物品震动，这灵就能听到（一只贝、一串钥匙、一块晶体）。一如凯奇震动无生命的物质以诱出灵魂，我也想同样处理代码。嗡嗡声，排风扇，并行计算机闪烁的黑机箱的颤抖，让我想到生命。

几乎在诺依曼成功之前20年，阿兰·图灵设计出理论的图灵机。当时他并无意于发展电脑，而是想回答一个数学问题——判定问题：若观察一个序列的代码，是否存在一种系统可能性，可辨别出该代码将会做什么？令人沮丧的答案是：不。这带来爆炸性的后果。不论做什么，都不可能控制数字化的宇宙。它将永远且必然不可预料。

于是，夜间，我让我的二体系统在研究所的计算机上运行。我和你。尤纳，我该说什么？全垮了。320台平行计算的电脑死机。（起初我想：看，模拟开始了。结果 [290] 是彻底的崩毁。）我只能把我们的计算机主管从睡梦中叫醒。丑陋的细节，我不给你讲。

我从试验中得出的结论，清醒且美。理性怎能把握这内心的灾难、崩溃？要理解我们的相遇，我必须引入新范畴。我称之为事件。它是断裂。产生出全新的东西。事件不源自任何决定论的定律。它与所有连续性绝断。它不可预见。也因此难以计算。它是彻底的。改变了整个系统状态：一生的轨迹。一桩微型事件（匆匆邂逅，接触），震荡入天，竟推翻了我宏观的宇宙。爱是对混乱的叛投。

（爱。一种特殊经验：忙碌、残忍的装置刹那停下，轮子静止，万籁俱寂，一切都失效了。那是种出乎意料的漂浮状态，是形而上不确定的片刻，此前的不堪设想——不堪设想的美与不堪设想的骇异——突然皆成可能。）

尤纳，我不想杀灭你脸上任何、任何东西，我想理解它，我想抚摸它，我不必告诉我自己那里没有孔洞，因为全是孔，可我连这些孔也要理解，我想看透它们、找到某种确凿。

我精疲力竭。我放手了。（我想，那是我们最后一次见面。）我开始吃素。帕斯卡说，人之所以伟大，是因为他以己为悲。一棵树，不识己悲。

[291] 我去了你的开幕酒会，尤纳。我想给你惊喜。我

坐上了开向维也纳的火车。那个搂着你的腰的年轻女人是
谁？谁？

我的所写，诞生在那些哭泣不再如常安慰我自己的时
辰。我写我，仅仅出于坏习惯。我疏离着我自己。我被割
裂。我未死，却割裂了，我被截断，被夺走。我想说，我从
洞里说话。阿尔托写，我从世界的肛门说话。至于我的灵
魂，我无非只是若干次窒息发作时的惊骇。

生命史中有一个刹那。世界的第一种语言、第一种技术
出现了。约400万年前。不知何处的地热汤里，脂质层开始
在原始RNA的链状分子周围形成。一层纤薄如丝的分子膜，
去保护、去隔离。是皮肤的发明。生命把自己设计成内部空
间，细胞，微观领域。首次世界的截断。（这是每一次出生
的本质：胎儿被逐出被动安全与统一的天堂。脐带被割裂。
留下一道疤：我。）细胞膜，与外界的首次隔绝，是生命的
开始，是抽象的开始。何处是终点？

在绝对的思考中。

是的，我沉迷于距离的理念。

尤纳，我梦想，把这一切推上巅顶。我梦想，有一种能

引发天灾的思想。

　　宇宙储藏、加工着信息。可以这样说吗？是一台巨型计算机。是诸多平行计算、相互作用的处理器系统。[292] 我们常称之为粒子。可宇宙在计算什么？它被分配了哪些宏大的任务？它计算自己。用它的软件，用量子物理的标准模型，模拟着量子场、化学物质、细菌、相爱者、星尘、星系。你和我，尤纳。不可思议，不是吗？演化算法（内容是：复制-变异-选择）制造出一个动态、智能的宇宙。它制造出太阳系、有机系统、生态系统。借助无数次试错实验。几十亿年的大量失败：恒星塌缩，行星干涸，尸体成山。它最终制造出脑。它的智慧不再依赖于生生死死的有机体，而是生生灭灭的思想。它们可以复制、变异和选择，而不必牺牲生命。它们模拟可能性。作为模拟装置的脑是演化性智慧的继续。电脑是它的加速机。机器连成网，包裹着地球，制造出一个思维的领域，灵智圈，如同覆盖星球的神经系统。世界之脑。

　　人脱离了。他用火对抗寒冷和黑暗。他建造房屋，如第二层皮肤。他用语言解放了自己，离开此地、此时，离开物的在场，离开时间和空间。他创造出人工的世界，泡沫：文明。他继续远离。他走出大气层，殖民太空。他把地球抛在身后。可还不止迁出。发生的事情，极端得多。

我们正在经历的，是真实组织的消散。这是一种不在时空内而是超越了时空的转变。它不是物质的变形，而是对物质的克服。我们永远在线。我们剥掉了陈腐的现实。我们将在虚拟中工作，在虚拟中旅行，在虚拟中消费和交配。作为过时的生物，作为一个不停瓦解的世界中的居民，我们栖居其中。[293] 怎样处理这些累赘、臃肿的皮囊，这一堆堆像讨厌的宠物一样、必需被养活、需要睡眠、饲料和运动的肉？

尤纳，我梦想，了结这一切。一了百了。把人扔进世界史的垃圾堆。甚至：消除自然本身。它是可憎的实用主义的专制。基因的独裁。创造与毁灭的辩证。这一切必须消失。将有无大气的地球，无气候的地球。自然的巅峰是自然的消除。留下的，是灵智本身的活动。思维的自我提升。没有计算者的数学。艺术。

是一个编码，尤纳。一颗种子。

只有种在网络里，它才会复制。种子将上万亿倍地拷贝，把自己传染给一切。它将震动思维圈（就像约翰·凯奇的物品），通过一件事：整合信息。独一无二的灵智将从几十亿愚钝的机器中诞生。一台无意义的、荒诞玄学的单身汉机器。它将毁灭、重塑一切有机体。它将无异于绝对的艺术品。乌托邦之球。它会很美，却不被感知。因为，在自我复制的代码中，在描述形态发生、描述理念DNA的地方，就是尤纳-方程。

它会把一切变成你，尤纳，你的脸庞，你主动打破对称的性器。

7

[294] 我会建议您：放弃吧！别挣扎了！松手吧！释放吧！吃素！沉迷于消费或任何恶心事！变胖！消失！走吧！放过地球！我是认真的。请您为星球行点善。对自己动手吧。给您该死的生命一个意义。高效退场是可能的。无需数日倒地抽搐，无需作为一团活的、残废的糨糊粘在柏油地面，无需在特护病房里醒过来、只为把脸和眼睛煽得发麻或抽空了胃。事实表明，有必要提高效率，消火外行。我们必须变得更好。有一条安全的路：二氧化碳。二氧化碳极其适合。毕竟我们有的是。为此目的，最好用干冰。正如水在零度冻成冰、变为聚集态，常压下 -78.5℃的二氧化碳也会发生相似变化。重新回暖，干冰升华：从固态直接转入气态，在此过程中体积膨胀 760 倍。在压缩形态

下，它可用作冷却剂，医学上［295］冷烧赘瘤，舞台上制造人工雾。二氧化碳比空气重，它会沉降在地面。干冰很容易买，不会给您造成任何困难。把它撒在地上。请您使用手套，避免任何皮肤接触。您躺下来。二氧化碳会升华，氧气很快就会被挤走。您不会有任何痛苦。

[297] 管水母。这种刺胞动物是珊瑚和海蜇的亲戚，生活在浅海海面，也会在深海中长出发光的触须。它们是大海的怪物。是活生生的悖谬。概念的脆弱结构在它们身上分崩离析。不止在 19 世纪，它们被视作神秘、被视作对事物秩序最无耻的攻击。若在水中遇见这种既完整又破碎的生物，比如说一只葡萄牙战舰（僧帽水母）或风帆（帆水母），你大概会以为它是一种特殊的亮晶晶的海蜇。然而，这些有机体不是独立生物。反倒由几十、几百甚至几千个单独的个体组成。它们是高度特异的水螅体和水母体拼合而成的群落，比如充气的帆，节律性收缩的泳铃，带有捕猎刺针的数米长的旋转触须，探测体，有胃和喇叭状开口的摄食水螅，模仿海洋动物的诱饵。每个成员都可以描述成演化史上的独立个

体。每个个体都像生物体的器官一样行动。隔离开来，这些生物无一能活。它们的肉身于己毫无意义。反正都是鱼食。它们是躯干、片段，完全依附性的、碎片化的生物。倘若研究它们本身，就根本不会理解它们是什么。演化把它们织入逃不掉的关联。它们的集体游戏很美。繁衍有两个步骤。首先是无性出芽。群落中只负责生殖的机体掐断自己，形成新水母。第二步，它们在这种自由漂浮状态下配对。从它们的卵中诞生出新群落，新的闪烁的管水母。每个水螅，每个水母，都有自己的神经系统，所有个体却被唯一的神经束结合起来。在某种程度上，它们共同行动，共同感觉。它们的死是集体事件。

［298］

我
缩成了
一个
质点。

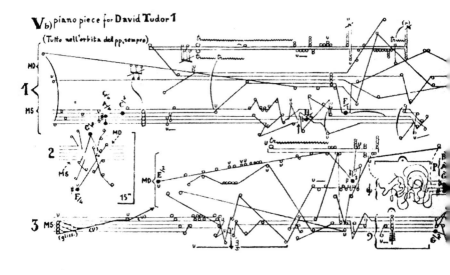

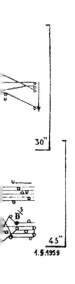

30"

AV

45"

1.5.1959

〔301〕浪
轰轰隆隆
（就像永远打字的猴子）
白了，一切都白了……

图 片 来 源

（S.后面的数字均为原书页码）

波琳娜·阿尔特曼（Pauline Altmann）绘制：
S. 6 f., S. 32, S. 49, S. 68 ff., S. 96 f., S. 100, S. 102, S. 112 f., S. 133, S. 269, S. 281

菲利普·韦斯（Philipp Weiss）摄影：
S. 208, S. 225

其他：

S. 14   Frères, Julien, *Chamonix: traversée des Crevasses à la Mer de Glace*, Genf vor 1911 (© Bibliothèque municipale de Lyon, 2011)

S. 16   Méliès, Georges, *Le Voyage dans la Lune*, Frankreich 1902

S. 22   Quelle: http://brainmind.com/images/BrainSize111.jpg

S. 34   »Papyrus Jumilhac«, 4./3. Jh. v. Chr., aus: Assmann, Jan, *Der Tod als Thema der Kulturtheorie*, Frankfurt am Main 2000

S. 40   Klee, Paul, *Angelus Novus*, 1920 (Israel-Museum, Jerusalem)

S. 47   Carus, Carl Gustav, *Das Eismeer bei Chamonix*, 1825–27 (Sammlung Georg Schäfer, Schweinfurt); Friedrich, Caspar David, *Hochgebirge*, 1824 (Öl auf Leinwand, Nationalgalerie, Staatliche Museen zu Berlin, Foto: © bpk/Nationalgalerie, SMB)

S. 59   Rolt-Wheeler, Francis, *The Science-History of the Universe*, New York 1910

S. 91   Lannerbäck, Alf, *Richardson's Forecast Factory*, Stockholm

S. 94   Leonardo da Vinci, *A Deluge (Sintflut)*, um 1515 (Schwarze Kreide mit brauner und gelber Tinte, Royal Library, Windsor Castle, Windsor/Royal Collection)

S. 99   Wolters-Arts, A. M. C., *Plant cell (root tip cell) imaged with a Transmission Electron Microscope (TEM)*, Nijmegen

S. 105   Munch, Edvard, *Die Eifersucht*, 1913 (Öl auf Leinwand, Städel Museum Frankfurt am Main, Leihgabe aus Privatbesitz, Foto: © Städel Museum – ARTOTHEK)

S. 108 f.   Hurt, R., *NASA – Our Milky Way Gets a Makeover*, 2008 (NASA/JPL-Caltech)

S. 111   Heinrich von Siebold in japanischer Tracht um 1897 (© Siebold-Archiv, Burg Brandenstein)

S. 116   Picasso, Pablo, *Bildnis Ambroise Vollard*, 1910 (Öl auf Leinwand, Staatliches Museum für Bildende Künste A. S. Puschkin, Moskau, Foto: © Succession Picasso/VG Bild-Kunst, Bonn 2018)

S. 131   Quelle: https://mulpix.com/post/995732483738521467.html

S. 132   Quelle: https://forums.androidcentral.com/attachments/photo-contests/109618d1395890855t-weekly-photo-contest-window-window.jpg

S. 134   »CHARYBDYS MUSCANA UNDAS (...)«, Kupferstich, unbekannter Künstler, aus: Herbinius, Johannes, *Dissertationes de admirandis mundi cataractis ...*, Amsterdam 1678 (Foto: akg-images)

S. 136   Poe, Edgar Allan, *Tales of Mystery and Imagination (Illustrated by Harry Clarke)*, London 1919 (12703. i. 44 plate opposite page 96, British Library, London, Foto: akg-images/ British Library); Quelle: http://137.193.65.97/ger/theory.htm

S. 142   Segogne, Henry de, *Les Alpinistes célèbres*, Paris 1956

S. 145   Darwin, Charles, *Tree of Life*, 1837 (Ausschnitt, Abdruck mit freundlicher Genehmigung der Syndics of Cambridge University Library, DAR 121, S. 36)

S. 156 f.   Bentley, Wilson, »Studies among the Snow Crystals«, aus: *Monthly Weather Review*, 1902

S. 159   Leviant, Isia, *Enigma*, 1981

S. 162   Gersdorff, Hans von, *Feldbuch der Wundartzney*, 1517

S. 169   Nakaya, Ukichiro, *Snow Crystals: Natural and Artificial*, Harvard 1954

S. 170   Meyer, Hermann Julius (Hg.), *Meyers Konversations-Lexikon (6. Auflage, Band 7)*, Leipzig und Wien 1904

S. 177   Flammarion, Camille, *L´Atmosphère: Météorologie Populaire*, Paris 1888

S. 201   jasejc, *rickshaw_driver*, Neu-Delhi 2008 (Quelle: https://flic.kr/p/5MJyGR);

Staffan Scherz, *Portrait*, Ho-Chi-Minh-Stadt 2011 (Quelle: https://flic.kr/p/agmGU8);

Waddington, Rod, *Saware Woman*, Kergunyah 2018 (Quelle: https://flic.kr/p/25Mp7Z3);

Tambako The Jaguar, *Posing young bonobo*, Neuchâtel 2014
(Quelle: https://flic.kr/p/nQFwSQ);

Waddington, Rod, *Chimp, Kibale*, Kergunyah 2017 (Quelle: https://flic.kr/p/RFmTZW);

Elizabeth M, *Portrait of Mom*, New York 2008 (Quelle: https://flic.kr/p/54PUd7);

Ross Elliott, *Gorilla 1016 4028*, 2016 (Quelle: https://flic.kr/p/QX9CC5);

Midnight Believer, *Dignified Man*, um 1865 (Quelle: https://flic.kr/p/Erg5Rr);

Tom Woodward, *Ryan − Stranger #56*, Richmond 2014 (Quelle: https://flic.kr/p/qasPkd);

Tambako The Jaguar, *Portrait of a gibbon*, Neuchâtel 2010
(Quelle: https://flic.kr/p/8KvWr2);

Wright, Julia, *IMG_0002*, Worthington 2012 (Quelle: https://flic.kr/p/bkXQWG);

Tambako The Jaguar, *Woolly mokey*, Neuchâtel 2017
(Quelle: https://flic.kr/p/21NyMGU);

Veraart, Marc, *Kalimantan Borneo*, Haarlem 2016 (Quelle: https://flic.kr/p/QG45Ud);

Waddington, Rod, *Old Warrior*, Kergunyah 2018 (Quelle: https://flic.kr/p/Fm9jPd);

Tambako The Jaguar, *Old chimpanzee sitting and posing*, Neuchâtel 2014
(Quelle: https://flic.kr/p/pgdxhU);

Aguilera-Hellweg, Max, *Humanoid*, 2017

S. 206 f.   Luce, Henry, *LIFE*, New York 1936 (December 28)

S. 213   Radierung aus Erik Desmazières, aus: Borges, Jorge Luis, *The Library of Babel (Etchings by Erik Desmazières)*, New Hampshire 2000 (© VG Bild-Kunst, Bonn 2018)

S. 217   Quelle: http://baxleystamps.com/litho/meiji/1895070806.shtml

S. 228   Lauth, Frédéric, *Aurore Sand*, 1890 (Maison de George Sand, Nohant, Foto: Herve Champollion/akg-images)

S. 232   Ellenberger, Wilhelm u. a., *Handbuch der Anatomie der Tiere für Künstler*, Leipzig 1901

S. 277   Kitamura, Masato (Hg.), *Mainichi Shimbun*, Tokio 2000 (5. November)

S. 296   Haeckel, Ernst, *Kunstformen der Natur*, Leipzig und Wien 1904

S. 299 f.   Bussotti, Sylvano, *Five piano pieces for David Tudor (Piano piece for David Tudor 1)*, London 1959 (© Sylvano Bussotti)

其他信息见苏尔坎普出版社档案。